苏慕音 著

新世界出版社
NEW WORLD PRESS

图书在版编目(CIP)数据

绯闻偶像八卦团 / 苏慕音著. —北京:新世界出版社,2012.1
ISBN 978-7-5104-2327-7

Ⅰ.①绯… Ⅱ.①苏… Ⅲ.①长篇小说-中国-当代
Ⅳ.①I247.5

中国版本图书馆 CIP 数据核字(2011)第260040 号

绯闻偶像八卦团

作　　者:苏慕音
责任编辑:董晓琼
责任印制:李一鸣　黄厚清
出版发行:新世界出版社
社　　址:北京市西城区百万庄大街 24 号(100037)
发行部:(010)6899 5968　(010)6899 8733(传真)
总编室:(010)6899 5424　(010)6832 6679(传真)
http://www.nwp.cn
http://www.newworld-press.com
版权部:+8610 6899 6306
版权部电子信箱:frank@nwp.com.cn
印　　刷:三河市文昌印刷装订厂
经　　销:新华书店
开　　本:660×960　1/16
字　　数:180 千字　印张:13
版　　次:2012 年 1 月第 1 版　2012 年 1 月第 1 次印刷
书　　号:ISBN 978-7-5104-2327-7
定　　价:25.00 元

目录

CONTENTS

Chapter 01 女王驾到VS终极斗法……001

Chapter 02 热血冒险VS绝密侦破……037

Chapter 03 独家圈养VS一级改革……091

Chapter 04 怪盗降临VS暧昧升级……123

Chapter 05 女王遇劫VS危情绯闻……153

Chapter 06 甜蜜完胜VS星光璀璨……185

Chapter 01

女王驾到 VS 终极斗法

{01}

正如顺着指尖倾泻而下的细沙，无声无息却又无休无止。法律政令在这个拖沓冗长的时空中，形同虚设。无畏的奢望，在那些有着权势却不可一世的纨绔子弟的手中只是虚无的云烟。没有谁会把你当回事儿——只因为，你远不够格儿。

名利、谄媚、腐败……竭尽所能地掐紧了光阴的咽喉，任你如何挣脱，都无法只身逃脱。

你明白了吗？

自己在这里是何等的渺小。

{02}

这是一个颓废孤寂的夜晚，夹杂着无限欲望的银色光束在室内肆意交织着，光线伴随舞池中摇曳着身姿的男男女女变幻着各种暧昧的色调。

震耳的喧嚣声冲进耳廓，我支起左手抵着耳廓，右手熟练地架起酒杯，蓝色的液体如喷涌的猛兽，挑逗着舌尖上的敏感地带，然后不带留恋、连绵不断地滚入咽喉，在体内翻滚着不明的躁动，久久无法退去——

身旁的高架椅被某人熟练地推开，循着声源，我微睁双眼，酒后的无力迫使我花了好长时间才望见身旁这个陌生的男子。

朦胧中，我看见他的左脸颊有一道划痕，伤口早已愈合，只是遗留的痕迹仍十分触目。雪白的衬衫凌乱地敞开着，胸前的肌肤就这样肆意暴露

在外面，骨感的手指上戴满了各色戒指……

我盯着他的手指看了很久，而他，仿佛捕捉到我的视线，将右手移向我的下巴，然后食指弯曲，以最自然的姿势架起我的下巴。

“大美女，陪哥哥喝一杯怎样?”

“你说呢?”嘴角扯出嘲讽的弧度，我再次抓起还剩下半杯的芝华士，眯了眯眼，清脆的酒杯碰撞声响起，同一时间，深色液体已跳跃至他的发丝，液体顺着他的刘海儿缓缓地滴淌着。

他厌恶地抹掉液体，被另一只手紧握着的酒杯在他的蛮力下瞬间破碎，酒红色的液体洒满一地。

“臭丫头！你以为你是谁啊?”他向前一步，由于用力过猛，激起地上的液体向前散射。一丝冰凉，几滴液体溅到了我的腿上，回转视线，我朝他妩媚一笑：“我是谁，你又有什么资格知道呢?”甩下一句话，我扭头踩着高跟鞋大步离开酒吧。黑色高跟鞋有节奏地碰撞在玻璃地板上，留下一阵阵清脆的声响，仿佛是对失败者的嘲笑，抑或是对狂妄者的挑衅。

明月当空。

一阵冷风吹过，吹散了我满身的酒气，大脑似乎也清醒了许多。“啪啪啪啪——”身后传来一串凌乱的脚步声，似乎近了——离自己越来越近了。

看来，没办法了。

我冷笑着转身，果不其然是刚才那个家伙，不过他这次可不再是一个人了，一二……哼，有六个，他是太看得起我呢，还是过于小看他自己?对付我这么个女生，还要带上五个流氓来助阵。

“臭丫头，如果刚才你好好服侍我，说不定现在可以过得很舒坦，但是——”他肆无忌惮地笑着，然后手指一勾，向周围五个男子下令，“老规矩……”

似乎是在同一时间，我被他们从各个方向包围，他们勾着肩，嬉笑着，猥琐的笑容在黑夜里显得格外阴森。

一双恶心的爪子攀上了我的腰。眉毛慢慢舒展开，我以最自然的姿态，扑进那人的怀里。这突然的热情显然让他有些神魂颠倒，虽然只有短短几秒钟，但仅凭这几秒钟，我一个侧身，以肘击颚，然后轻盈地跃起，飞抬右脚用力朝男子的弱区踹去。

近距离攻击，讲究的是快、狠、准。要在敌人迷惑的数秒钟之内，采取有效的措施，对付敌人！

他捂住下体，汗水夹杂着眼角的泪水，痛苦地滚在地上，嘴边发出嘤嘤的抽泣声。

剩下的几个，就让我一次性解决吧！本小姐好久都没有活动筋骨了，今晚——

紫色的眸子里闪烁着冷艳的光芒，我一个后空翻，双手架在胸前，两脚微曲，锐利的眼神穿透整个黑夜，就那么静静地等待着敌人的袭击。

剩下的男子一窝蜂朝我冲来，我后退一步，拦腰截下甲男的直拳，左手肘迅速上提，右脚插入男子双腿之间用力向外一摆，5 秒钟，他便倒地不起。

后跳至两米外，趁他们奋力进攻的空隙，闪身以摆拳袭击站在最前方男子的右脑，再提气用力踹向他的下腹，又一个败者诞生……

又浪费了 3 分钟，我把所有猥琐男统统打倒在地。

“好了，你们可以出来了。”我冷笑着，向空气中吐完这番话，便朝闪烁着的霓虹灯下走去。

在我走至三步远之处，四周突然冒出十几个身材高大、肌肉发达且一脸敬色的男子。

“大小姐，请放心，属下会让他们永远无法记起今晚所发生的事。”领头的一个穿黑色西服的男子颔首答道。

酒，果然害人不浅，每次醉酒后自己的行动总是快于思维。以后可得注意点了，不然我的任务想要顺利完成会变得很难的。

“祁染，北帝学院的入学手续办理得怎么样了?”

“已顺利拿到入学通知书，明日您便可入学报到。”

——北帝学院，坐落于北之国首都，处于全国最富饶的地皮之上，在这个每一寸土地都要以万要价的黄金圣地上，北帝学院面积非常之广阔，从幼稚园、小学、中学乃至大学部所占的土地约是整个首都的1/6，近乎宫殿般豪华的北帝学院是整个国度的最高象征，而能进入该学院学习的学子净是当地首富或各界骄子，其中最闪耀的存在莫过于北之国最年轻的总统——景柏。

作为本世纪最具才华的北之国总统，他从继位的那一日，就在一夜间成为全国上下乃至全球所有女子的倾慕对象，而他，便是我这次任务的对象。

“大小姐，为什么这种小case还要您亲自动手，师弟们可以帮您分忧啊！”

“因为本小姐我……”双眼闪过一道光芒，嘴角牵出难得的欢愉，“很无聊。”

{03}

——北帝学院高中部，三年级A班。

身着职业装的数学老师正在黑板上奋力书写着函数公式，密密麻麻的f(x)让教室里的学生有些头晕，但是与生俱来的学习能力让他们只迷惑了一会儿便笑意袭脸豁然开朗。

我坐在北面靠窗的第三排，阳光透过紧闭的玻璃窗肆意地倾洒进来，我懒洋洋地眯着眼睛，用耳朵分辨着教室里传来的各种翻书声。

“轰——”一道破天的响声划破了原本祥和的气氛。

教室里的所有女生几乎都在同一瞬间，放下教材与各色书写工具，一脸好奇地朝窗外望去。

循着声音看到，不远处北帝学院大学部的操场上空出现了一架直升机，机翼一下又一下有规律地在半空中盘旋着，而直升机的下方，五个拿水喷洒地面的工作人员正来回忙碌着。

离工作人员大概五米远处又整齐地站着另一群人，虽然隔得有些远，但是从他们的仪表中不难看出他们的地位。

什么人？迟到不说，连上个学都要动用这种高档次的交通工具来招摇！这也就算了，竟然这么多疑似校方高层领导都赶着前来“接驾”？

“啊啊啊！出现了！没想到新学年第一天总统大人竟会出现在北帝学院！”

“对啊对啊，人家整个学生生涯虽然都跟景大人一学年相隔，但是加上这一次我已经见过他五次了呢，人家真的是好幸福啊……”

“哇塞！你实在太幸运了，我从幼稚园开始，直到现在，一共只看到景总统两次而已欸！”

“对哦，总统大人都是不定期出现在大学部的，听别人说景大人在学校出现频率最高的时候就是去年六月份，一个星期出现了三次，可惜保卫大叔工作得实在太敬业了，令我们只能远观不能……哎……”

这些人真的是传说中具有高智商、高修养、高志趣的富家子女吗？不就是一个男人嘛，虽然地位……呃，那个十分特别，但是也不至于上课上到一半各个都扑到窗户边眼冒桃花口水乱流一副花痴样吧？害得我只能通过那么一小寸地方观察我的目标对象……你们这样，数学老师很难做人的好不好？

咦？数学老师人呢？

那个……趴在三个女生肩上，拼命垫脚瞪着铜铃大小的眼珠子咬牙吐气且念念有词的数学老师在干吗？

“怪不得春香那丫头昨天拿着两张电影门票来巴结我讨好我还拼死挤出眼泪来博取我同情希望能跟我换课……可以跟世界级吝啬鬼媲美的贾春香竟然会花钱去买情侣座VIP电影票来送我，我早该想到的啊！一看到你站在飞机下一脸春心荡漾地抬头盯着总统的侧影，我就想把你拖出去抽打！总统大人，等等我，人家也要来接你……”

老师絮絮叨叨地念完所有话转身撞开门就往楼下跑——我满脸黑线，老师，您不去教国文口语实在太可惜了！在短短5秒钟之内，您竟然可以毫无断句毫无口吃地念完此等高难度长句！能进入这种“高层次”的学

校，自己实在太幸运了！要等下开个包厢请同学们去唱《北帝之歌》吗？

话说，同学们人呢？

再次回过神来的我仿佛看到了被北之国侵袭人员扫荡过的教室，桌子歪倒，大门旋转口上方螺丝松动，一副摇摇欲坠样，讲台边垃圾箱还在原地旋转着，屋子里空荡荡的，除了照映在玻璃窗内一脸痴呆状的自己，其他学生连头发都没剩下一根。

“轰隆隆——”整栋大楼开始高频率地震动起来。

{04}

从来都未想过，本小姐有生之年竟然会见到这种疯狂的跨界景象。

几乎整栋教学楼的学生、老师都出来了，一大批的学生浩浩荡荡地站成一排，然后大吸一口气，用力往隔离架上跳，两手紧抓网栏一步一步咬牙从高中部翻越至大学部。

放眼望去，男生女生比比皆是。只是，这学校的男生怎么比女生还疯狂？

对方是男人欸！就算是北之国总统，也不至于你们拼死拼活跟着女生一起翻越禁区吧？

景柏，你魅力会不会太大了？

“快啊！你不是要追我吗？如果你能拍到景大人的照片或者拿到他身上的任何物件，就算是走到他身边两米处沾沾总统气息也好，只要你成功了，我就答应跟你交往。”某女生气喘吁吁地从我身边跑过，喘息间还不忘朝他身边的男生低声命令着。

呃……我估计自己应该面瘫了——

原来，追求者还可以这样使用？

大学部的治安领导害怕这些含着金汤匙出生的少爷小姐们在爬隔离区的时候或多或少带上伤口，都惶恐地飞跑过来开门。

伴随着“吱呀——”一声，3 米高的镶金铁门在我们面前打开。

适时，一阵风吹来，风中似乎夹杂着景总统霸气的象征男性魅力的芬芳，染得高中部的学生像被下了蛊一样，各个都振奋无比地涌入大学部操场。

直升机依旧在半空中盘旋着，而目标人物景柏此时正高傲地站在操场上，灿金色的眸子是皇室最高的象征。

没有人可以媲美，这等如同天神般傲视一切的姿态。

嘴角牵出完美的弧度，伸出比女生还要修长美好的右手，朝着空气轻轻一划，然后在同一时间，于上空盘旋着的直升机拐了一个弯便渐渐地飞远，消失在晴空之中。

踩着亮得泛光的名鞋，他随意却不失身份的霸气步伐，每一步都伴随着北帝学院学子的抽泣声——

好想变成这神圣的草坪哦，这样就能被总统大人尊贵的双足亲吻了！

很多人都在找机会朝他扑过去，不过无一成功，因为他身后一大群保镖的敬业程度会让你后悔给国家交了这么多税。

“总统大人，欢迎您！请随我来，您要的文件我已帮你准备好了！”貌似校长的穿黑西服、戴黑领带和黑框眼镜的大叔一脸恭敬地在景柏身前弯腰九十度鞠躬。

您是校长欸，校长！他只是您的学生而已呀！不用那么恭敬吧？

“嗯，麻烦你了。”景柏淡淡地回话，语气中无半点感情起伏。

“高中校区的学生们，赶快回教室上课！”不知何时，高中部的教导主任拿着教鞭风风火火地赶来。

不会吧，连他都来了，要是再不闪，明天就直接等着吃处分挂红条吧！

同学们黑着脸，三步一顿、五步一回头依依不舍地离开了大学部。当然，无限循环着这类动作的也包括北帝学院高中部的各科女教师们……

文件已经准备好了。

从这句话中可以看出景柏此次前往的地方应该是报告厅或者校长室之

类的，而这两个地方都在大学部的会议大楼内。为了更细致地了解和分析景柏的个人作息及工作流程，我很有必要从现在开始，一步步开始跟踪追查，资料上也已经说明，总统来学校的次数少之又少，我一定要好好把握每次能够跟他碰面的机会！

自信的笑容袭上我的脸，我抚开额前碍眼的刘海儿，甩开手臂就开始朝着高中部狂奔过去。

一阵风从教导主任身旁刮过，他挥舞着教鞭，欣慰地看着这个赶着去教室的女学生，口中喃喃道："北帝学院，还是有值得表彰的学生呐！"

我一个踉跄——

主任，其实我只是想先大家一步，趁各路保安的注意力还在大学部侧门的时候，赶到高中部与大学部相连的高墙处，然后翻墙偷偷进入……

"嘿咻嘿咻……"绕了好几个弯，好不容易才赶到这座通向我命运的宏伟高墙，一路上我都尽量擦着墙壁跑，以免被监视器拍入画面。

现在的任务就是翻墙了！

在监视区内，我鼓起劲儿朝后退了几步，同时右手又在腰间捣鼓着，啊！找到了！可以令摄像头长时间循环在同一个画面的智能镜像！欣喜地一跃，轻松地翻上了墙，在同一瞬间，我以最快的速度把手中的暗黑色金属物在摄像头上顺时针转动，听到咔嚓一声，我深知一切搞定！估计坐在监视器前的大伯们一定以为万事都正常吧！而我的行迹也被轻巧地抹去——

{05}

——北帝会议大楼。

隐蔽在一棵大树下，我观察着北帝会议大楼的每一个楼层。

会议大厅在第二层，但是透过玻璃窗，不管白天还是黑夜，只要有人就一定会灯火辉煌的会议大厅竟然一点灯光都没有，看来总统不在二楼。接下来是五楼的校长室，该死——窗帘被拉上了，逆着光线，我眯了眯眼。

根据大楼前方站着的警卫数目来看，总统肯定已经进入大楼，如果不出意外，他应该就在五楼校长办公室内。

现在的问题就是该如何进入大楼，自己又没有隐身衣之类的东西可以帮助避开眼目顺利入内。哎，究竟该怎么办呢?!

“嘶——嘶——嘶——”

呃，什么声音?

我顺着声源一抬头——

娘啊！一条在树枝上蠕动着的绿色小蛇正吐着红舌，一扭一扭向我逼来。

生物界里，颜色越鲜艳的往往毒性就越强，关于这点我还是懂的，而就算对面站着的是只老虎我也会不动声色地拿出武器使它毙命，但是，只要对象变成树丛中会蠕动的生物，那么勇气对于我来说，完完全全就是个空啊！

“什么人？站在那里干吗?”一个保安在注意到树后的动静后立刻赶到我身旁，指着我的高中部校服，以绝对威严的语气质问。

“蛇——那里有蛇。”我害怕地伸出右手食指指了指树上蠕动着的小青蛇，然后又立刻收回手指，好害怕那蛇看到我指着它，直接冲下来把我给咬死！

“跟我过来！”一股力道把我的身子拽离地面，我的身体便被拖动着笔直地朝会议大楼逼近。

隔着大门几步远，他停下脚步，松开拽着我的手，然后正色道：“怎么来得这么迟？才多久没接任务啊，胆子就变这么小了！还有你看你穿的是什么？都说了这是大学部，你穿着高中部校服来干吗？这不是让总统起疑吗?”他伸出拳头直直给了我一拳，害得我眼前直冒星光。

“哎，还傻站着干吗？这次老大究竟是受了什么刺激才派了你这么个没用的人出来！喂，快点给我进去！别耽误了计划！”

他把我推进大门，然后朝我打了个手势，示意我快些行动。

啊呀？这是什么状况？我就这么莫名其妙地被放进大楼了？

他究竟是谁啊？是不是认错人了，我压根儿就没见过他啊！

不过，这真可谓是天助我也！不管他们想让“自己”完成的任务究竟是什么，所谓船到桥头自然直，姑且走一步看一步吧。

把高中部校服整了整，露出自然的微笑，我尽量装得理直气壮些，好让里面的人不会生疑。

在无数双巡视的眼神下，我穿越大厅，走到水晶般璀璨的透明电梯内，转身进入，飞快地按下关门开关，电梯里只剩下自己一个人，按下数字“5”之后，我终于可以安心地开始计划下一步该做什么了。

叮咚。

清脆的声响，电梯门顺畅地打开，我跨过玻璃门，伸长脖子朝着楼层中望了望。“咻——”衣领被某人用力扯住，几乎没有挣脱的余地，我就被人小鸡啄米般拎到了WC内，门咔嚓一声被他锁上。

一进厕所，他就松开了我，盯着我看了几秒后便飞快地跑到内间倒数第二个厕所包厢内弯腰取什么东西，在他扯着我的一路上，可以从力道上感觉出来，他其实并不会杀我，他或许是要给我些什么东西。

“拿着，快没时间了，等下把这个倒入办公桌上的茶水中，放心，他死不了，没有人会希望惹上刺杀总统这么个罪名。只要你不出什么差错，你也不会有事。记得按我们当初的计划行事，知道吗？”他迅速塞给我一小包类似泻药的东西，我摊开手攥紧这包东西，犹豫了会儿，然后郑重地点头。

这些人究竟在玩什么花样？既然他说只要自己小心些就可以全身而退，那么本小姐就好好陪你们一起玩玩咯！

他把我送到校长会议室门口，我从他刚才的吩咐中了解到，他是让我借商讨事宜的名义在总统杯子里下药，这些药具有让喝掉之人四肢无力之用，其他什么危害也没有。

在他的掩护下，我成功到达校长室门口，用手叩响大门。

"进来吧。"

一道清亮却威严十足的声线从门内传来，我手不由自主就颤了颤，这个声音，应该就是景柏的吧？霸道却令人听了一辈子也很难忘却的声音。

"您好，我是高中部的学生，有些急事需要同校长商量，只是校长好像不在呢？"我顶着一副乖巧的笑脸，用诚恳又礼貌无比的语气朝着总统回话，而视线却一直围绕着办公桌上那只玻璃杯打转。

"那就坐着一起等吧。"传下一句话，他笔挺的身子坐在旋转椅上，北帝大学部的制服仿佛是为他量身定做的，穿在他身上，一种端庄与华贵便瞬间暴露在空气中。

修长的玉指双扣，一沓白色的复印纸压在牛皮信封上，堪比天神般圣洁的金色眼眸专注地盯着文件。

他眉头微锁，然后缓缓放开双扣的十指，以手抵住右脑，左手若有所思地轻敲着桌子。咚咚，低沉的响音在室内响起，他抬头看了我一眼，然后拿起那份文件挪步到落地窗边，迎着几缕阳光渐渐眯起了双眼。

他这样，应该算是很投入了吧？如果我趁现在下药，不会被发现吧？

坐在长椅上的屁股一寸寸地朝办公桌蠕动，我小心地观察着他是否有转身的迹象，从口袋里摸出那包药物，以肉眼观察不到的速度把粉末统统倒入他的杯中。

作案完毕后，我把药纸揉成一团再次塞入口袋里。然后后退几步，装作什么都没发生一般坐回原本的位置上，同时又在茶几上随手摸了本文学杂志装模作样地看了起来。

手里捧着一本杂志，视线却丝毫未从他身上移开。

看着他坐回椅子上，伸出右手想去取那个杯子，我的内心如在击鼓一般，咚咚咚咚响个没完。总统大人，要是你有个什么三长两短的话，千万不要来找我呀……

取过杯子以后，他像古代女子抹胭脂一般浅浅抿了一小口，果然是从小就经历总统培训的人呐，这处事的姿态都跟出嫁的姑娘一样，懂时宜知

礼节。

放下杯子许久，他都不像是有什么不适反应，继续入神地研究着手中的文件。

这种状况，让我很困扰欸！

拜托你都喝了这水吧，你好歹给我无力地扑倒才对啊！这让人家很没成就感的好不好，知不知道人家刚刚为了下这个药白白流了多少滴汗啊！瞧，现在还在流呢，我怀着怨念用袖子擦去额头的细汗，然后是脖间的……

就在我心安理得地想找点什么借口出去透透风时，校长室大门却被轰然砸开——

{06}

“砰——”青龙雕刻的烤漆大门被某人用脚踹开。

两个脸上蒙着黑布的强壮男子出现在门口，他们一前一后，手中捏着比手指头还要粗的麻绳，一下一下有力地晃动着。

“你们是谁?”景柏一拍桌子试图站起来，可是药性估计上来了，他踉跄了几步，却又无力地跌坐到旋转椅上，椅子在猛然的冲力下后滑了一小步，他难受地眯着眼睛，长而密的睫毛微微地颤动着。

“嘿嘿，我的总统大人，你现在最好给我乖乖地坐着，别乱动，不然我可不保证兄弟我会不会伤到你呢。”挑衅的语气，陌生男子两只手拉动着麻绳，阴笑着向他逼近，走至他身前，男子比好长度就开始绕着景柏绑系死结。

景柏被下了药，苍白的脸孔，除了还能够微弱地喘息之外，其他什么动作都做不了。

他被绑了个结实，然后被男子残忍地直接推倒在地上，推倒过程中碰撞到的桌子也大幅度地移了一个角度。

一向高高在上的总统，现在却被人如此欺凌！

楼下24小时的保镖究竟是干什么吃的？怎么什么人都能轻易混进来？就连我这种没什么技术含量的女生都亮灯放行了。

这其中到底是夹杂着什么猫腻？

“臭丫头，在那里喃喃自语什么呢？小乙，去绑了她！”

糟糕！不会这么衰吧？

另一个蒙面男子晃着绳子朝我压来，出于本能，我立刻将双手紧紧相握，十指紧扣，在别人无法发觉的前提下，使力在双手间留下一个小小的空隙……

很少有被绑架者会主动把手伸出来，男子只是略有深意地盯了我一眼，然后紧紧地把我的手绑上，并且把我毫不留情地推到景柏的身旁。

他到底会不会控制力道的啊！这么突然一下，我都快被砸晕了。

幸好，我的手是被绑在身前的，刚才做了些手脚，只要两手交握的时候中间隔开一定距离就会加大挣脱绳子的几率。要是刚才是被绑在身后的，那接下来就会有很多麻烦的地方要处理。

对于一个从小就被灌输武术技巧知识的本小姐来说，像现在一样面对绑架和被绑架就像吃个饭喝个茶这么轻松无比的事而已。

我们两个就像囚犯一样被他们押到一个小角落。

“小乙，给我看好他们，我先把电脑中的信息处理一下。”说话间，那个地位明显高一些的男人从口袋中摸出一双一次性手套戴上，打开笔记本开关，登录电脑界面后就开始进入文档页面，就在短短几秒间，他搜到某个加密文档后立刻把它粉碎处理。

清除完毕，他直接按掉电源合上笔记本。

翻开桌上原本景柏在看的那份文件，数了数大概几张，男子拿起文件走到粉碎机前毫不留情地塞入。通过一系列粉碎处理，那份文件变成了碎屑。

两个男人似乎打了个暗号，其中有一个利索地摘下手套：“大爷要走了，看你们这么乖，等下送你们个小礼物，记得不要开门哦，不然会很危

险的呦！”

男人大笑着，呼唤另一个男子一起离开，在大门合上的一瞬，好像有一个金属样子的小盒子被他们放在门外，盒子上似乎有红色的数字在闪动着。

看起来怎么这么像——定时炸弹！

“喂喂，那个不是炸弹吧？我和你不会要死在这里了吧？”我用手肘抵了抵景柏的肩膀。

“嘿，你不是和他们一伙儿的嘛，还会怕那骗小孩的玩具炸弹能把你炸死？”景柏冷笑。

什么玩具炸弹?！假的？不对不对，这个不重要，重要的是——

“谁……谁说的，什么一伙的，我压根儿就不认识他们！”虽然我是在阴错阳差的情况下成为别人的小棋子来给总统下药，可是……

“哦，是吗？那又是谁在我的水中下了药?”冷冷的口气下却带着百分百的淡定。

不会吧？这都能被他知道？在聪明人面前，为了避免出糗，最好的办法就是成为老实人——

“好吧，我承认这药是我下的，可是这不是我的目的，我也不认识他们！真的！别问我有什么目的啊，以后你会知道的……”这可是我最最诚恳的回答了，要是他再敢有任何怀疑，我不介意直接挣开绳子趁他还没力气的时候，把他揍成白痴——哎，这么做太严重了，那就把他揍成失忆好了！“不过，你怎么知道是我下的?”

“在你之前，这水是由我的朋友帮我倒的，他没有害我的理由。之后我派他出去找校长，在这期间没人能够走近这杯水。”他勉强支起身子，面对着我，细声却沉稳地向我解释。

就这样？这个理由会不会太牵强了?

“那你又怎么知道那炸弹是假的?”

“因为这只是让他们有足够时间逃脱的一种障眼法，你也看到了，绑匪不把我们绑在有更大空间的大厅正中央而是把我们弄到这么个别扭的墙角，明显是有目的的，而这个目的就是让我们亲眼目睹他们把文件销毁的行为。本来就是计划演一出戏给我们看，又有什么理由把我们炸死？”

仔细思索着他说的每一句话，从刚刚笔记本屏幕正对着我们的方向打开，我就觉得哪里有什么不妥，原来就是这个！

总统就是总统！IQ 高得跟国家理综试卷 300 分能考满分一样。

“那份到底是什么文件？为什么会有人大动干戈地打它的主意？”

“你真的想知道？”他的脸朝我靠近，温热的气息扑散在我脸颊上。

“嗯嗯。”我连忙点了点头。

“是北之国近几年涉及贪污领域最广的贪污者名单，”他顿了顿，移动了一下有些麻木的右腿，“只是，这份名单是假的。”

“什么！假的?!”我惊讶地打断他的话。

“对，假的，为了不让我看出破绽，他们就计划在我还未拿它进行探查前出手销毁它，刚才他们的行为你不是也看到了吗？”

话虽没错，但是没理由呀，既然都是假的，为什么还要大费周章地亲自跑到总统面前，还拉上我这么个炮灰一起来演这出戏？

“我知道你现在在想什么，那份贪污名单涉及的人事范围过于宽泛，估计政界警界商界很多有财势地位的人都脱不了干系，为了保全他们，有一个人就只能费心弄了张假名单，然后在我面前演戏销毁，让我误会这彻底销毁的是真名单，让我不能顺利侦查名单上人员的贪污是真是假。其实他们也是在警告我——”他简直不能算是北之国总统，完全就是神仙嘛！

“喂！行了别说了，都被你绕晕了！反正跟我关系不大，本小姐现在只想快点出去！”第一天上学就碰到该死的绑架事件，跟他景总统在一起，自己简直就是个天然的悲剧聚合体！

“出去？你不是自己有手吗？”他抛下这句话，就直接闭上眼睛，一副不想理我的表情，靠！刚才是谁啪啦啪啦地对着我说了这么多话！怎么说翻脸就翻脸呢?!刚刚还夸他如果一不小心被废了总统职位，他还可以考

虑去当个神探什么的。凭他的智商及洞悉力——

呃？洞悉力?!

他不是连我在被绑时偷偷做手脚的小细节都发现了吧?

天哪，他究竟还是不是人哪?!

不爽地开始挣脱绳子，那个贱人绑得有够紧的，好歹自己还是他们的“同伙儿”，一点都不知道留点福利什么的!

这粗糙的破绳子，把本小姐的手臂都快磨破了!

嘿咻嘿咻，我拼命地挣脱着，并且有规律地找着松动口。嗯嗯，还差一点点，我把手抬到嘴巴前面，张开口就咬住绳子开始一根一根往手指处翻动。我呸，这绳子好脏啊，难闻的味道在齿间肆意地蔓延着。

“啊!”流血了！由于太用力，我上方的门牙都被磨出了血丝，好痛啊!

“喂，给我!”还未等我反应过来他话里是什么意思，总统大人已经凑着红嘟嘟的嘴唇抵上我的手臂，细柔的气息飘散在我手臂上，手背上每一寸肌肤在他带着微微芬芳的呼吸下都不由得舒展开，一阵麻意侵袭着我全身。

雪白而整齐的牙齿咬住麻绳朝着手指有规律地一下一下地扯动着，大概过了两分钟，麻绳在我和他的共同努力下，终于被解开，掉到了地上。

“景柏，谢谢你，现在就让我来帮你解吧!”为了表达自己的谢意，我一挣开绳子连心疼地抚摸加按摩的时间都不给自己，直接擦了擦掌心的汗，想给他松绳子。

“不用。”他毫不留情地拒绝。

“为什么不让我帮你解?”杀气腾腾的眼神都快冒火了，这种狂妄自大、以为世界就该绕着自己转的人最讨厌了!

“你不是想走吗?”

我倒！“那你呢，打算就一直在这里坐下去吗?”费力帮我用牙齿解开绳子就是因为我想走?

“不会坐太久，他差不多也快到了。”

“他是谁?”

“这次事件的策划者。”

{07}

“哎呦，谁放的破玩具啊！”一道清亮的声线从门外闯了进来，几乎是同一时间，大门被人用力推开，一个穿着黑色衬衫的年轻男子走了进来，他的手中还把玩着那个刚被我误以为是定时炸弹的变态玩具，一副玩世不恭的痞子样冲着我们咧嘴就笑。

“嘿嘿，总统大人好雅致呢！是在玩X虐待游戏吗?”男子玩味地丢掉手中的玩具，自由落体的“定时炸弹”咕噜咕噜滚到了大门口。

“莲初，想进监狱吗?”金色的双眸闪过一道犀利的冷光，如二月飞雪般冰冻的声线猛地刺入我们的耳廓。

莲初?！这个名字好像在哪里听过，如果没记错的话，他应该就是资料里所描述的，景柏的“青梅竹马”，在警界与金融界都有一定声望，而且又是全球十强之一的莲式企业最年轻的接班人莲初！北之国仅次于景柏的旷世神话！

“不开玩笑了，不过呢，这本该进监狱的人却提前一步进了地狱，你说，这该怎么办呢?”这被唤为莲初的男子一改起初的不正经，突然皱起的眉，令他周身散发出属于沉稳男性的魅力。

景柏也陷入一阵沉思，莲初蹲下身子，修长的身影覆了下来，挡住了总统的绝魅脸庞，他夹在我们两人中间，动手为景柏解开绳索。

绳子从他手上滑落，掉在地上扭成一团，莲初先他一步起身，景柏按压了几下手掌，便接着起身，重新坐到旋转椅上后，我发现空气中多了几分沉闷。真奇怪，他们两个到底在通什么耳语呀，为什么我都听不明白呢?

“景柏，他不会就是你刚刚说的事件策划者吧?”我指了指一旁站得笔

挺的莲初。

“不是，他是我朋友，这次是在为我调查整件事，而那个策划者，现在已经死了！”景柏发话，语气中隐约透露着几丝不耐烦。

死了?！莲初在接过我的视线后，露出雪白的牙齿，“小姐，你哪位啊?”

啊? 真的不太像“绑架”策划者呢，就莲初那样，用漂亮来形容他的脸蛋也不为过，一个大男人长得跟个姑娘似的，怎么看怎么别扭，完完全全就是一个花花公子的形象！

“我是你妈！”给了他一个白眼后，我自顾自坐回到白色沙发上。

“哦?”他冲着我暧昧地笑了笑，然后转身望向景柏，“爸爸，你什么时候找到我妈的，怎么都不跟我说一声?”

Oh My God！疯了疯了！他真的是那个传说中美貌与智商并存、威望与财势同在的莲少爷吗?！

一个花瓶先我一步在空中划出优美的弧度，朝着莲初站的方向砸来，莲初一个侧身惊险地躲过景柏的袭击。

“我要能生出你这么大一个孩子，我早就让位了！”景柏无力地摆弄着自己的手掌。

“那妈妈，你再生一个吧，我不想当总统耶！以后把位置让给我弟弟好了……”莲初继续肆无忌惮地冲着我嚷嚷，我捏紧拳头，飞速上前哐哐就是两拳，为了达到最好的效果，我一把扯过他灿金色的发丝，往自己的方向用力拽着，两脚一带，又附赠他两块伤口。

椅子上的景柏扑哧一声笑了出来，“莲初，怎么这么没用了?”

待我松开手之后，他连滚带爬地扑到景柏脚边，拽紧景柏的裤脚，一把鼻涕一把泪：“呜呜呜……本少爷我从来不打女人的！”

景柏飞起一脚，踹在莲初身上，他便像一团小球骨碌碌滚到沙发旁，满脸受伤样，右手食指颤抖着伸到半空中：“你……你们两个……联手欺负我……”

沙发上的靠垫被我一把抓起，精准地砸到他的脸上，他的手胡乱地在空中舞动着，然后“奄奄一息”，整个人“僵死”在地毯上。

要是能有你这种孩子，我这辈子是不用活了！

原本沉闷的气氛在我们三人的“配合”下，顿时像万物复苏的春日一般，每个人的脸上都洋溢着难得的笑容，其中，莲初的笑显得最为悲怆，不过好歹这也是笑啊！

我有种冲动，想蹲到莲初身边，然后伸出手温柔地抚摸他的碎发，“孩子，你辛苦了。”

“他是怎么死的？”景柏清了清嗓子。

莲初闻言，便听命地从地上爬起，拍了拍身上压根儿就不存在的灰尘，反身坐在我旁边，修长的双腿交叠，骨感的玉指扣在扶手上。

“你让我去找他的时候他已经死了，就死在二楼会议大厅内，尸体应该还在原地，现在警方也已经介入此案，为了保全北帝的名誉，他们表示会对外封锁消息。”

死了！幕后指使死了！而且还是死在同一幢楼里的会议大厅内！到底是谁？还真会挑地方……

“抱歉，打断一下，那个死者是谁？”

“你应该认识的，”景柏顿了顿，晶亮的视线直逼向我，“北帝大学部现任校长。”

北帝校长！不会吧？他竟然是此次案件的幕后指使?！虽然来这所学校没多久，但是自己提前邀人打听过，这所学校的校长应该是一个慈祥和蔼的大叔才对啊！怎么会突然被扣上这么个令人不堪忍受的头衔！最重要的是，他居然死了！贪污名单的盗取以及北帝校长的死亡，两件事上究竟存在着怎样的联系？

会是自杀吗？

还是说——谋杀！

不过——

身体内所有细胞开始蠢蠢欲动，来这所学校似乎是一个不错的决定呢！现实，真是越来越有趣了！

“同学，身为高中部的女生，这种时候却出现在大学部的校长室内，你很可疑呦?”莲初眯着眼，泛着光点的细腻皮肤一点点朝我逼近，喂，别靠太近了！不然会显得我很成熟！相较之下，自己的皮肤简直就是三十出头的阿姨级别的女人才应该具有的肤色。

我挥舞着两条胳膊，顺带附上两条腿，拼命阻挡他。

“啊哈，人家貌似应该去上课了，还没跟老师请假呢！各位，我先走一步了呦！”为了避免他会有更恶劣的手法令自己花容失色，我从沙发上跳了起来，面带微笑，同时又谦逊地向两位大人鞠躬，表明自己要走了。

右脚刚一踏出门槛，左肩就被人一把按住，他拽紧我的衣服，像小鸡啄米一般轻巧地把我带回沙发，“作为一位事件参与者，你有必要跟我们在一起，而为了证明你的清白，你更应该随我们一起去把这件事处理完毕！”景柏站在一旁，双臂优雅地架在胸前。

呜呜呜……本小姐还有好多事务要去处理呢！

“走吧！”景柏发话。

“走……走去哪里呀?”我傻傻地接话问道。

“当然是去——案发现场。”

{08}

“死者尸体目前还在硬化状态，可以推测出其死亡时间是在30分钟至两小时之内，在死者右脑处有明显焦痕，且该处子弹进入孔比左脑侧的子弹射出孔略小，由该现象初步推断，死者是自杀的。”

身侧，执行警察正面对景柏平缓且尽显细致地讲述着警方对死者的死亡推断。

景柏弯下腰，近距离地蹲在死者身旁，我也凑过去，尽量不碰到尸体，学着电视剧里的名侦探聚精会神地观察起来——

死者虽是自杀，但是睁开的双眼中流露出的却是一种向往，一种对生的向往。

明明都已经献计派人来破坏那些假文件了，为何还要多此一举地选择自杀，而且像是蓄谋已久一样，坦然却刚毅……校长，你究竟是想得到些什么?

“您好，这是校长的个人资料。”一位刑警递上一份资料袋。

“哦?”景柏起身，接过资料袋。

“这个不是我们准备的，而是死者的秘书在事发之后为我们整理出来的，说是希望对我们的破案有帮助。”

景柏的视线绕过刑警，停留在一个中年男子身上，他穿得很是体面，一丝不苟的灰色西装，华贵而文雅的金丝眼镜，深蓝色的瞳孔透露着半分慌张、半分窘迫。

好似收到了景柏望向自己的信号，他朝着我们快步而来。

“您好，景总统！”他恭敬地停在景柏身前颔首，“其实，我有事找你。”

“什么事?”

“我觉得，校长并非自杀，而是他杀！”

他杀?！刑警不是已经初步鉴定为自杀了，怎么又变成他杀了?！

“何以见得?”景柏问出了我心中的疑惑。

“校长没有自杀的理由，今天是少爷18岁的生日，之前他还一直跟我探讨该买什么礼物送给少爷——”

“可是，他就这么死了?”景柏朝着微开的窗户走了几步，“那你觉得，会是谁杀的?”

“我刚进来的时候就发现校长已经死了，然后赶紧报警，所以并未看到凶手。”

“嗯，以后有什么新发现可以联系他，”景柏食指一钩，停留在正在房间全方位探索的莲初身上，“他会来转告我的。”

秘书推了推鼻梁上的金丝眼镜，点了点头，然后转身离开。

“景柏，房间里并未发现什么可疑之处。”莲初停下眼前的搜寻行动，遗憾地走到景柏跟前。

“回去以后，把那个秘书的所有资料都整理好给我。”景柏深邃的眼眸眯成半月，透露出微凉的寒气。

“哎呀，看来以后我们来学校的次数要大大增多了！”莲初无奈地叹了口气，还没事干似的回身朝我抛了个媚眼。

“你干吗？眼睛进沙子了啊！”脑子有病！长得漂亮了不起啊！

嘴上虽这么说，但是他刚刚那个销魂无比的媚眼，让我的心不由震了一下，真的好美型哦……

“那个，我看这里也没我什么事了！我回去上课了哦！”我露出白白的牙齿，冲他们两个调皮地吐了吐舌头。

“就这么走了？”景柏以中指抵额头，轻轻拂去细柔的刘海儿，“开学第一天就旷课这么久，你想好怎么跟你的老师解释了吗？”

解释什么的都是浮云，其实自己已经做好到班主任办公室跪搓衣板的准备了！

景柏见我一副认命的模样，反手从办公桌上取来一张纸与一支笔，尖锐的笔尖在白纸上飞快划动着，“喂，你叫什么名字？”

“苏纪音，苏醒的苏，纪念的纪，音乐的音。”

一句话说完，景柏和莲初的表情皆是难得的震惊，如同琉璃般璀璨的双眸中盈转着异样的神采……

迟疑了大约五秒钟，景柏好似回魂般，刷刷写了几笔，然后放下笔，抽出纸递给我。

定睛一看，白纸上是工整却带着些许张狂的字体。

老师，您好：

苏纪音同学，与我在一起。

望谅解。

景柏亲笔

短短的三行字下面还龙飞凤舞地画了几笔！那随风飘舞的就算戴着十副眼镜也不一定能看清的签名！也太大牌了吧！

我满头黑线。

莲初见我一脸白痴样，便凑近身子看了眼纸条上的字。

“景柏，这种纸条解释交给我就好了嘛！哪里需要你亲自动笔呀？”莲初不满地嚷嚷道。

“你？如果上面的签名换成你，估计她直接被处分退学了吧？跟你在一起，除了风花雪月还能干吗？”一语中的！

总统您够狠！

我把这张印有总统亲笔签名的小纸条，端端正正地折成小方块，然后塞入口袋里。

“对于这个案件，还有很多需要重新侦查的地方，你的介入注定逃不了干系，以后有新发现需要用到你的，我会来找你。”景柏留下一句话便扭头离开了。

莲初跟在他身后，走了几步，又突然跑回来，俯身附在我耳边轻轻道：“苏……纪……音，我们很快就会再见面的……”他特意加重念出我的名字，妩媚的丹凤眼像狡诈的狐狸眼一般舒展开来。

屋子里只有几个刑警还在拍照取证，莲初和景柏均已离开，我还停留在原地，内心汹涌澎湃——

难道，他们认出我的身份了？

{09}

之后我拖着疲惫的身躯回到高中部的教室内。为了不打扰到同学们的自修，老师把我单独叫到门外，问我究竟出什么事了。

我从口袋里掏出那张身负重任的纸条递给她，以为她会怀疑，会进一步询问自己一个上午究竟在干什么，原本还忐忑地暗暗编造谎言希望可以蒙混过关，可是没想到——

“哇塞！总统的签名欸！是真的耶！以前我在政界杂志上研究过很多回呢！绝对错不了，苏纪音同学，你怎么拿到的呀？老师好羡慕你耶！”班导恨不得把这张小纸条揉进怀里，兴奋的神采仿佛快要燃放出烟火点亮整个教学通道。

那个……老师，重点不在签名吧？

内容啊！内容！

老师完全无视了我，双目失神，一脸呆滞状，纠结的内心快接近死亡边缘——

她摇晃着我的肩膀，激动的声音高达N的2次方分贝，“苏同学，快告诉人家嘛！总统是不是很帅很有型的？他有没有跟你说什么呢？有没有……”她没完没了地乱喷口水。

我简直快疯掉了！

这到底是什么烂学校呀?!

还皇家贵族学校呢？明明就是一个绝顶花痴腐败校园！

受不了她不住地摇晃，我灵机一动：“老师呀，为了不让您担心，总统特意写了这张纸条给你，刚才的事还没处理完，我还要再去一趟，放心吧！要是总统那边还需要人手的话，我一定向他大力推荐您，怎么样?”

这句话，比糖衣炮弹还要有用！

老师松开拽紧我的手，眼中翻滚着无际的波澜，“没问题没问题没问题！老师的未来就托付给你了！快去吧！千万不要让总统大人久等呦！”本来还有把我勒进怀里的趋势，哪知，她一反手，手掌中积蓄着只有古代侠士才有的不明内力，一掌把我推到楼梯口。我惊恐地扶住手把，伸出右手抚平疯狂跳动着的小心脏……

呜呜呜……老师，您这是想杀了我呀！

以 100000 伏特“焦死人视线”激光状扫在她身上，我却被自己的反射光线焦死了——

教室门口，老师绯红的小脸蛋正紧贴着景柏的签名，向往的神色，性感的嘴唇如蜻蜓点水般落在小纸片上。

崩溃了……

我扶着手把，失魂落魄地跌下楼，处理好外伤以及内伤后，便虚弱地找了个隐蔽的地方蹲好，一直蹲到放学铃声响起，我才回教室整理好一切，然后背着书包回到刚搬的住处。

不过——

“你们给我出来！”我斜挎着书包，两手叉在腰间，无奈地皱眉。

因为怕自己的身份暴露，所以特意派祁染为我在学校附近找了一个新住处，当时我还特意嘱咐，新找的地方不能太华丽，不然会加大别人对自己身世的猜疑，同时又不能过于平凡，明明是一个念贵族学校的人，如果找了一个贫民窟住下，那比住在皇宫更惹人眼，所以——

“小姐，您好。”祁染带着一帮师弟，飞速走到我面前，恭敬地低着头。

“住所是找得不错，不奢侈却够清雅。”在这种高档小区里，因为住户多，所以可以掩盖自己很多信息，“但是，究竟是我住在这里呢还是你们住这里?”

我的居室在高达 28 层大楼的第 3 层，不管是坐电梯还是走楼梯都是很轻松的，可是，为什么一层楼一户人家的大楼中，2 层以及 4 层都是我的人?!

“小姐，为了保护您的安全！所以……”祁染墨黑的眸子凝视着我。

“保护？你们这样只会让我更惹眼，知道吗？而且你认为，本小姐还需要你们的保护吗?”简直是笑话！这里除了祁染，还有哪一个打架的功力比自己强?！真是浪费人力物力财力！有那个时间，还不如给本小姐回神之国替我爹的道馆多多效力！

“知道了！那如果小姐有需要的话，请一定联系祁染！”祁染做了个手势，便带着浩浩荡荡一大群人回去搬东西撤退。

原本喧哗的楼层顿时安静了下来。

我走进自己的新居，关上门。

屋内各类家具一应俱全，油漆味什么的都已提前除去，硕大的液晶电视旁边摆着一只花瓶，插满了纯白的野百合，香气盈满整个客厅。

丢下书包，把自己丢入沙发中，整个身子软软地陷了进去。

今天，事情还真不是一般的多，还是快点洗澡睡觉吧！脑子中一接到这个休息信号，我便站起身，重新巡视这个新家，在房间内分辨着各个屋子的设施和摆设，找到自己的卧室以后，从衣柜里挑选了一件湖蓝色的雪纺睡裙，便走入浴室冲澡。

……

时针慢慢旋转着，我闭上眼计划了一下之后该如何行动，不知不觉间进入梦乡。

光华犹如一尊圣洁的塑像，略有思索地栖息在无垠的星空之中，夜很静，仿佛整个世界的生物都已入眠。

半开的窗户内扫入一片银白，夜风羁绊着纯白色的窗帘，在黑夜里簌簌发响。

因着些许不适，我翻了个身，微睁的双眼蒙眬中发现屋内有一个黑影正拿着手电筒四处翻着东西……

间谍？小偷？

脑子如被清水彻底漂洗过一样，睡意瞬间消失不见。取而代之的是内心的一丝坚定，如果他只是一个小偷，那么就算把整个房间的东西都翻遍了也不一定能找到多少现金，最多就是把床头那一台最惹眼的笔记本电脑拿走。

……

希望他只是小偷，不过——我笔记本中有那么多重要资料，可不是他想拿就能拿走的。

由于不确定他的实力，我只能从智慧上取胜，绝不能贸然动用武力。

我支起身，以平稳的语调说道："你来了啊，我等你很久了。"

黑衣人明显吓了一跳，手中的小电筒猛然间滑落于地。

就这样的临战素质，应该不是受过专业训练的间谍。

我微微一笑，脑子里闪过幼时自己的一个朋友在睡觉时发现小偷正在热火朝天地翻东西，于是脑中闪现的方案——

趁小偷在翻东西，自己马上拿出笔记本上网，在线寻求网友帮助！

我当时很佩服那个朋友，小小年纪就有如此的谋略！

……

一直以为凭自己的实力，向来都是自己去震慑别人，哪有小偷来吓自己的！

没想到搬家第一天就遇到这种不幸的事。

还未郁闷完，小偷已经捡起手电筒走到我床边，微弱的光芒打在我身上，却刺得我睁开的眼睛直泛酸。

"呦，小姑娘！没想到你在等叔叔呢！"他拿着小电筒在我身上来回扫荡，眼神中流露出邪恶的光芒。

猥琐！

脑海中只剩下这么个词可以用来形容他了！

他捏起我的脸，放下手中的电筒，整个身子就那么压了过来，"这次叔叔来都翻了好久了呢，本来想随便拿点东西就走了，没想到还有你这么个漂亮的小姑娘在等叔叔呢！这小脸蛋，真让叔叔我心动呢！"

靠！没想到我刚才那句话起反作用了！我当时只是很单纯地想要恐吓他来着……

啪！我一把甩开他揉着我脸蛋的手，幽紫色的双眸在夜色中泛出阴柔的光芒。

"入室抢劫，而且还试图强奸，你这辈子是打算就这么完了吗？你不

知道本世纪的科技发达到什么程度了吗？如果你放下我立刻走，我可以放过你，但如果你执意要把我怎么样，那么，我明天一早就去报警化验，一旦你侵犯了我，你的体液中将会被提取出你的DNA，到时候，你是想逃都逃不了了哦！"

扑在我身上的身躯略微抖了一抖，他翻身下床，虽然欲火高涨，然而理智先他一步，化身冰块迅速降温。

其实，对于小偷之类的，无须动武。

他们一般只为财，不会随便杀人，就算不是在家里，在过道的楼梯口碰到这类抢劫的，哪怕是持枪抢劫的，也无须害怕，如果他拿枪威胁你，在他提枪的一刹那，你一定要毫不犹豫拔腿就跑，在这种较封闭的空间内，如果被他吃得死死的，你会失去很多。而一旦跑了，由权威的调查数据证明，10次逃跑，最多只有3次罪犯会开枪射击抢劫对象。

而对于入室抢劫，更是如此——

由于刚睡醒，我都不怎么想动，能把他吓跑最好，如果不能的话，那我也只能抱歉了——

"你一定不知道吧？我的手机有智能SOS功能，在我发现你的时候，我已经启动按键把自己的地理方位传到警局的联系库里了，相信不出3分钟，他们便会赶到。如果你再不跑，到时候……"话还没说完，小偷捡起地上的手电筒，便连滚带爬地从窗口坠了下去。

抹掉额间点点薄汗，朝着夜空深深呼了口气。其实我手机压根儿就没什么SOS功能，在对待突发事件时，拥有勇气与智慧就会胜利。

但是，北之国的抢劫犯也太猖狂了吧？明明都装了防盗窗，可是还能被他撬入……

起身下床，穿好鞋子以后，我小跑到窗边，把窗子锁好，然后又扑回床上开始补眠。

夜色依旧。

均匀的呼吸声在室内起伏。

封闭的窗户隔离了外界的一切喧嚣。

那么静，那么美。

{10}

翌日。

一个人静静地坐在教室里，内心却犹如离弦之箭。

“喂，你在干吗呀?”我用手肘抵了抵身边的女生，见她捧着N本教材，眼睛从半个小时前就开始像贞子再世一样，瞪得老大，到现在貌似还没闭上过呢。

“同学你昨天没来不是吗?学校通知，今天将进行新学期的初次测验，规模很大的哦!”念完最后一个字，她继续埋头苦干，留我一个人在那里以头抢地，悔恨昨天为什么就不多留点心眼。这下死翘翘了……

北帝的学期初次模拟考，是以学生未来的发展为基础的。

此次考试的好坏，很有可能会影响到你未来在学校的地位。

怪不得昨天我从大学部回来的时候，教室里的学生各个都低着头，双手如同智能机器一般飞快翻动着教材，口中还念念有词。

该死，这下我该怎么办啊?!

我的国文和外语都还不错，数学也马马虎虎，可是那个万恶的理科综合简直就是童话里的狼外婆，把我这么个乖巧孩子吃得死死的!

话说现在开始赶工多看几页书还来得及吗?

眼看考生座位表一个个从排头贴到排尾，我的内心波涛起伏!四处打听了一下，这次的考试是由高一至大三合区联考，每个教室会由两个不同年级的学生以系统随机组合顺序合坐。由于大四已进入实习期，所以不列入考试范围。

高一与高二同考，显然高三就要把考试教室推入大一区域，与大一新生进行同考。我真的很好奇，明明是大得可以塞下一个星球哥斯拉的校区，为什么要把考生们分得那么“紧密”，莫非是传说中的年龄互补?

而我，就是其中一个需要拿着标准考试袋，跋山涉水通过重重关卡到达大学部指定考点进行考试的学生。

唉！不就是一场考试吗？用得着搞这么复杂吗?！在自己班级吆喝一声，直接发试卷开考不就行了吗？何必如此大动干戈——

然而这些话也只能放在内心，谁让这里是北帝学院呢！

找到自己的考场，大致在考生名单里浏览了一番，发现自己的名字后便仰头走入考场。

我的位置是在第二组倒数第二排，如果按照数学界里的黄金三角公式来算的话，我那位置简直是最佳的黄金分割点。只要走到讲台上，朝下面随便瞟一眼，绝对能发现我的存在！幸好刚刚没带小抄，不然要是被抓了，我这未来几年学生生涯还怎么混啊?

距离开考还有 20 分钟，而教室内也坐满了两个年级的考生，周围从起初进来到现在一直都很安静，每个考生都胸有成竹地坐在座位上欣赏窗户外的风景。

环视了几圈，我发现整个考场除了一个空位以外，其他考生都已到场。

而那个空位，就是我旁边这个！

出于好奇，我伸长脖子往边上一歪——

莲初！

莲初莲初莲初……

不会就是昨天遇到的那……位……吧?

本身因为自己毫无准备地前来考试就已经够郁闷了，现在竟然还发现同桌的是那个自大狂妄的莲公子！这比交白卷还要伤神哪！

在距离考试开始还有 5 分钟的时候，莲初终于从考场门口露面，一张精心雕制的漂亮脸庞倏地闯入在场的所有学生的视线中。

他的每一个步伐，仿佛都充满了诱惑力，让在场考生的视线难以从他身上移开。他笑如春风，笔直地朝自己的位置走来。

把手中两支笔一丢，他拉开椅子，划出清脆的声响，然后坐好。

眼睛眯起一弯浅月，若有所思地朝我努了努嘴角。

“又见面了！”

“对……对啊……”晦气！晦气！绝对不是一般的晦气！为了避开这种邪恶因子，我特意向外围挪了挪椅子。

谁知他脑子发抽，小力一推椅子向自己压来，似乎离自己更近了！

“大哥，你越线了！”我扬了扬眉毛，嘴角向上挑了45度，鼻子发出不屑的轻音。

“苏纪音，你都叫我哥哥了，于情于理，我们应该不分彼此的！又岂会出现越线一说?”他一脸春风如玉，呼出的薄气如淡雾般喷洒在我脸上。

真是败给他了……

呜，幸好快开考了！只要考试一开始，要是他再敢跟自己“眉来眼去”说些有的没的，我就不管三七二十一，直接举手报告老师，说他在作弊！哼！

丁零零。

白花花的考卷如漫天飘撒的冥币一般，一沓接一沓地传下来，接到手都快软了，怎么这么多啊！

每一张试卷上都布满了奇形怪状、异想天开、字字销魂的数字图形，一眼望去，我的小心肝顿时憔悴了几分。

理科……综合……

物理化学生物，三门最讨厌的课程连在了一起，比后宫争宠还厉害几分的版面规划，每一门课程的老师都竭尽所能地把其最高难度的题目抛给我们做。

好吧！苏纪音！反正横也是一刀，竖也是一刀。只要内心不死，灵魂就会永存！

我掀开笔盖，夹在五指间转了一圈。右手活动完毕后，就开始咬牙把自己会做的——其实从第一题到最后一题粗略估计，自己压根儿就没几道题是会做的——做完。

分针滴答滴答地按照固定的轨道周而复始地旋转，在它以顺时针方向划过 180 度以后，我所做的试题依旧停留在第一大页的选择题上。

【带电粒子在磁场中运动，若除了重力和可能的洛伦兹力之外不受其他力，则带电粒子可能做……】

这是啥?!

在多项选择中排 NO.1——传说中最基础的北帝学院每个学生都应该答对的幼稚园水平物理题!

为什么……

我看不懂?! 我的智商竟然悲哀到连幼稚园的孩子都比不上!

“啪!”身边传来水笔扔到桌子上的声响。

大一学生在考的科目是数学，而我身边这位，尽显潦草的字迹却奇迹般占满了答卷的每一个角落，每一行都有他清晰的答题标志，整整四页的高等数学答卷，他竟然在短短三十分钟内以绝对完美的姿态收场!

娘……啊……他究竟是不是人啊!

我摆出张嘴斜视的不雅动作已经在空气中呈现了 N 久，他接收到了我的“崇拜视线”，在我翻白眼的倒数三秒前，他用手扣了扣桌子，声音很低，低到只有我们两个能听到。

左手食指指着我的试卷，轻轻一勾。

他不会是……想帮我做试卷吧? 这……这里可是黄金视觉点欸! 他也太明目张胆了吧?

不过——

我的脑袋此时正犹如工厂中排出的一缸废水，乌黑一片，别说是把这张万恶的理综以高分收场，就算是把这张试卷填满也是比登天还难!

好吧，既然他都不介意，我又有什么话好说呢! 说太多，会显得自己很没立场的!

豁出去了!

我抬头望了一眼监考老师，嗯，很好，他没注意到我们这里。

高三理综卷被移到了桌子的正中央，不管是有意还是无意，都大大降低了自己被老师侦查到的可能。

莲初右手拿起笔，而视线落在我的考卷上，我以为他会在自己的草稿纸上打打草稿什么的！哪里知道，他只是翻手一转笔杆，然后眉毛一挑，落笔在我的卷子上勾了一个答案。

虽说这是整张试卷的第一题，可是光看这五大行的化学题目，还有密密麻麻一大坨专业术语，想要在这么短时间内就知道答案，不是拿骰子掷到哪个就选哪个，就是直接动用犯法仪器抽出正确答案！

如果不是乱猜的，而是经过脑细胞在短时间内分析完毕而得出百分百正确的答案，那他的存在，简直就是给北之国所有国民的最高压力！

嗖嗖嗖……

他答题的速度完全取决于他转笔的频率。

短短十分钟，几十道高难度选择题就在他笔下完成。

不知道正确率是多少……

咔咔咔。

钟摆又划过了几十个来回，指针落在数字 9 上，距离他答题的开始，已经过了 30 分钟。

啪！

在秒针指向 12 的最后一瞬间，他手中之笔在我的问卷上画下了最后一个句号。

天呀！就这么……结束了？

理科综合的考试时间还有一个半小时呢！他竟然能把两个半小时的试卷浓缩到半个小时内完工！

如果说景柏是北之国的神，那么，他又是什么？

收回问卷，我照着上面的答案一字一字仔仔细细地摘抄到答卷上。

用了 20 分钟才把整份试卷的答案抄完！再次吐血！他究竟何德何能，在短短半个小时内解答完所有的题目！

“走吧！”他压低声音命令道。

“走去哪里?”

他露出了一个自以为神秘的微笑，收拾了一下桌子上的文具，把答卷叠好塞入考试袋内，然后两指夹起答卷，向着讲台快步走去。

提前交卷?

进考场争倒数第一已经够醒目的了，现在竟然连出考场都是那么高调！

老师收过他手中的试卷，眯起眼睛看了一下个人信息栏，然后侧身放行。

莲初不紧不慢地前进着，距离门口几步远，他一个转身，犀利的眼神打在我身上。

扑——

他在命令我快点交卷出去——

要知道我这份试卷完完全全就是他的杰作！要是他拿这个威胁我……不行！得立刻制止！

我胡乱把桌上所有东西都收入袋子里，然后跑到讲台边交卷离开。

果不其然，莲初正悠闲地靠着墙壁等我。

“为什么要帮我……”作弊两个字，我实在没脸说出来！所谓隔墙有耳，监考老师现在可是离自己只有一面墙壁的距离哎！

“我答题的时候观察你很久了，就你这样……”他好似怕我会伤心，突然停止了话题，继而又 脸得意状，“为了不让考试的坏心情影响到接下来的任务，所以本少爷只有牺牲一下，多做一份试卷咯，不用感激我，反正也没差……”

你这是在暗示你自己的成绩有多么多么好吗?!

可恶！

“任务？什么任务?!”我好像没跟他签什么合约，怎么又会突然冒出什么任务来?

他笑欲倾城，高而翘的睫毛扑闪着：“陪本少爷去逛街！”

这种……也算是任务?

我从口袋里摸出几个硬币，然后毫不怜惜地丢在他手上，“如果你吃完饭没事做的话，就拿这些钱去坐公车兜风好了！就当姐姐在赞助！别给我在这里碍眼了！”说完，便拽紧考试袋扭头离开。

阳光下，莲初半倚在走廊的象牙栏杆上，嘴角勾出完美的弧度。

静谧的校园中，只有刷刷的写字声，没有人听到——

你内心的小阴谋……

Chapter 02

热血冒险 VS 绝密侦破

{01}

在这一秒，我总算是见识到了传说中所谓的奢侈！

粗略估计，比学院跑道还长的宣传栏里贴满了用黄金点缀的成绩单——从高一一直到大三几乎所有考生的月初成绩。可是仅仅按名次毫无人性化地排列，鬼知道我的名字会跟哪颗黄金石边挨着啊！

“滴滴滴滴——”腕上的数字表突然发出悦耳的响声。

这块数字表是今早老师发的，说什么戴上它，我们就可以根据表盘上的微型搜寻仪找到自己经过数字化处理过的考生名，从而很快找到自己的成绩名次。想我在神之国学院上初中的时候，碰到的成绩查询仪器已够先进了，那是由指纹验证取得自己的成绩，没想到在这种皇家学院中的查询器，竟然会被发明得这么人性化！仔细一看，这表也显得太科幻了，不管是从款式上看还是从做工上看——不知道外星人戴的手表，用的是不是也是这个牌子的?

一道蓝光从表盘上闪射而出，光线好似会随空气流动，上下浮动了好几秒，继而又随着光波一直拐到了对面“至尊榜单”，从上往下数到第三排字时才停止。

我向蓝光聚集点小步奔跑着——学校道路有必要设置得那么宽敞吗?仅仅隔着一条人行道，我都要跑几分钟才能到对面！

把好好的成绩单“处心积虑”地分割成两部分，这样做严重歧视了我的智商水平，呜呜呜……人家知道自己成绩比较难以见人，可是……

面前这面墙比起对面——竖起来摆绝对比摩天大厦还高的成绩栏，这里简直就是一栋小别墅，宽度 15 米，高度仅 5 米，这样的差距令我没脸回去见我的小弟们。

我眯着双眼抬头瞄了瞄，炫目的骄阳经由钻石打磨的墙面反射而下，闪得快刺瞎我的眼睛。

相比对面宣传栏里密密麻麻的考生信息，这面墙上的名次排列可以说得上是相当“大气”，一个名字占的地方起码是对面宣传栏里所占之处的 10 倍之大；对面榜单是以白纸为底，黄金碎石作点缀，而我眼前的，却是直接以钻石作为底纹，钻石上每一个字都是由激光刻成，加上阳光的点缀，这里简直就称得上是“皇家特级表彰榜”了。

不过——我的名字竟然会出现在这张榜单上？不会是系统错误，或者人物重名吧？

我简直比撞见外星人还难以置信，用右手遮住额前的阳光，抬头——

北帝学院　高三 Top10

Top1：北飒——国文 150 外语 150 理综 287 总分：587 高三理科 B 班

Top2：乔星璃——国文 149 外语 150 理综 253 总分：552 高三理科 A 班

Top3：苏纪音——国文 130 外语 149 理综 272 总分：551 高三理科 A 班

……

据说这次的理综试卷是北帝有史以来最难的，高三年级第一名的北飒虽无法在这次考试中取得全科满分，不过依然不负各位花痴众望，稳坐第一名。

而作为高三 A 班的班长大人——乔星璃，取得年级第二的成绩也算是实至名归。

但是！为什么我这种初中生水平的地球人都可以拿到被誉为天才摇篮

的北帝学院的年级第三？地球真的是要灭亡了吗？

细算了一下成绩，国文主要考查的是北谣，而外语主要考查的是囊括另外三大帝国的镜言、灵语以及神话，作为一个在神之国生活了十几年，且精通各国语言的国际黑帮大小姐，除了写作文歌颂各国领导的丰功伟绩完全无能外，外语考试简直就是用来转笔看风景的休闲时光。

在此等难度下我的理综分数竟然还可以取得 272 的高分——等等，272……上次抄莲初答案的时候，我好像为了以防万一，怕这个让人难以捉摸的家伙会真的 IQ200——答一题对一题，所以在答最后一道理论数字题时，特意留空画了颗爱心，旁边还写了一排小字：各位批卷老师辛苦了，由于该题答案字数繁多且步骤复杂，为了保证大家的休息时间，我决定把答案放在我脑子里，下次有缘再见！

印象里，那道题目的分值是——28 分，整整 28 分，加上这几分我的理综就是满分了……也就是说，莲初他果真不是一个简单的地——球——人！

在这张榜单上，年级第四是莲芷，年级第九是柳慕嫣，高三年级 TOP10 里竟然有四个是我们 A 班的，哦耶！身为 A 班的一分子，我真是越来越为自己的班级身份骄傲了，尽管我这成绩有百分之五十都是由水分堆积而成的。

耳边忽而传来一阵令人身体酥软的谈笑声，莺莺燕燕的娇笑灌满了整个空气，忍不住吸了吸鼻子打了个哆嗦。

“呀，没想到这次总统也会来考试耶！”

“对耶，真难得，总统大人不愧为人家的偶像，每做一件事都令人家这般难以预料，人家真的真的真的真的——快爱死他了啦！”

“喂喂，你上次还说爱死莲初少爷了，现在怎么倒戈了？”

……

向右小移了 3 米，逆着光线继续抬头望了望——光看个名次，我今天都不知仰着脖子观赏了多少个地方了！

北帝学院　大一 Top10

Top2：莲初——微观经济学 100 高等数学 100 法律 100 哲学 100 医学基础 100 企业管理 100……后面还跟着一大串完全满分的科目名称——总分 1000 分。

这学校的大一新生怎么学得这么杂乱，什么都学，就不怕未来得了选择偏执症什么的，要是以后选择无能变成疯子了，北帝学院会给精神抚养费吗?

听一些接触过北帝大学部学生的孩子说过，等上了大一，自己一学期就要学至少 15 门课程，而每次考试都会随机抽到 10 份科目的问卷开始作答，弱势强势不是问题，问题是要是刚巧考试日运气欠佳，撞上的全部都是自己快歇菜的科目，如此这般，那就说不定以后等孩子都可以打酱油了，自己还没毕业……

不难看出莲初也算是北帝的神话了，写什么对什么，以致全科满分，这种传说级别的人竟然才排第二名，那么谁才是第一名，怎样才能超越满分摘下第一名的桂冠?

Top1：景柏——国家治理法规 100 高等数学 100 法律 100 政治财富论 100 医学基础 100 国富论 100……在一大串的满分后面，竟然还用炫金大笔钩了一句话——PS：由于该学生指出国家治理法规试题中的观念模糊 1 处，以及高等数学试题中的符号缺省一处，特此送上 10 分，以示感激。满分 1010 分!

“扑。”我的肺都快吐出来了，原来这样也可以……

同一时间，腕上的电子表似乎也有心灵感应一般，刷刷刷地抖动起来，突然“叽”一声，表盘上再度闪射出一道光芒，这道光却不似当初那蓝光纤细，金黄色的光芒如同瀑布般洒在钻石墙面上，一行小字在光芒中依稀可见。

“请各年级成绩排行前十的学生，现在马上到大学部 4D 放映厅集合!”

啧啧啧，要是这时候再加上智能语言的配音，从视觉神经及听觉神经

双面刺激，估计会达到“绝对服从计划”的顶级效果！

这么热的天，还要从高中部赶到大学部4D放映厅，比绕着操场跑3000米还累，我开始后悔，自己为什么会来到这个北帝学院读书！

{02}

4D放映厅。

在朱红色大门口把电子表递给礼仪小姐后，她拿着手表在仪器上刷了一下，液晶显示屏上便闪出一个OK指令。

身前的大美女收了它，然后微笑着点头，示意我可以进入放映厅。

听这放映厅的名字便不难猜出里面应该是放4D电影的，不就档次高了点么，4D了不起啊，验身就算了，干吗要收走我打算拿回家收藏的“外太空系电子表”啊！

不满地送了一个“杀死”光线给正上方用金色烤漆雕刻的“4D”二字，我嘴巴一歪，大步向放映厅内走去。

绕过由北之国著名水墨画大师绘画的“风月无边”屏风，望见大厅内如同团结大军一般紧挨着坐的北帝各年级学生们，我倒吸一口气。第一排座无虚席，坐满了姿容优美的女生，而第二排却只在正中间坐了两个人，看背影估计是男生，而右边那个男生竟然像古代公子点小姐般，一手勾搭着左边男生的肩，另一手在半空中划着优美的弧度，似在为前排女生的美貌进行点评。

而另一位男生一脸厌恶的表情，半支着下巴无奈地叹着气，墨黑色的碎发正对中央空调飘动着——别问我为什么只看到他的后脑勺就能看到他“厌恶的表情”，听没听过“相由心生”这个成语，那个花花公子的行为严重污染了我的眼睛，我自然要比这个空间中的每一个生物都抵触他！

然后第三排除了正中间空了一个位置，其余依旧坐满了女生。

第四排全满。

第五排……

第六排……

我不知数了几排，总之除了最后几排空得连一只小鸡都没有，而靠着那两位“特立独行”的少年的位置旁可谓座无虚席。

第一排的女生们各个都作娇羞状，白嫩的胳膊好似放在桌上不舒服，都规规矩矩地摆在膝盖上，人人坐得笔挺，耳朵却时不时往第二排凑，似在期盼着那个纨绔少年的点评。

第二排之后的少女组们，却各个喷洒着哈喇子，艰难地朝着空气中伸着魔爪似想抓住那距离有些遥远的少年二人组。

可怜挤在最后三排默默流泪的其余男生们，哥哥们好歹也是北帝学院优等生中的优等生，为什么在这么多女生的世界里就这么没存在感呢？被她们霸占了前排所有位置不说，连个“感激”的视线都不送他们一个。

哎。

“苏苏、纪音、小音音……这里这里，我为你留了一个最好的位置啊！”我最无敌的同桌兼高三A班班长乔星璃站在第三排正中央正卖力地挥着胳膊！

顿时一道道炽热的视线朝我射过来——

“吱吱吱……”要是没有中央空调的友情支援，我估计自己早就在这个空间里被燃烧致死，然后蒸发不见。

从开始到现在我都一直皱着眉，被归入怨念聚集点处的两位少年也在乔星璃的“柔声呼唤”下刷刷转过身子，两张精致到无懈可击的脸庞暴露在空气当中，景柏金色的双眸忽而眨了一下，几乎在同时，却被莲初一手遮住了双瞳——

果然，永不畏惧“牢狱之灾”、敢跷着二郎腿坐在北之国总统身旁的人这个世界上也没几个，而莲初便是其中一个。好看的丹凤眼微微眯了眯，高而翘的睫毛成为他保护漂亮眼睛的天然屏障，尖而细的下巴，最适合接吻的诱人嘴型……他依旧不肯放下挡着景柏视线的手，如同偷到小鸡

的狐狸，邪魅地勾起嘴角。

四周传来一阵吸气声，我捏了捏拳，然后迈动小碎步朝着那个“宇宙第一 VIP 座位”前进，比起莲初琥珀色眸子的勾魂，这些女生的集体“仇视”的视线可谓是不言而喻的惊悚，幸好更多的女生依旧扭着脖子，至今无法从莲初“一手遮盖住景柏漂亮眼睛”的“柔情”画面中回过神来，不然这一路走来，我不知会被暗杀多少次。

呜呜呜……星璃，你这次的位置选得还真不是一般的好……

我支起双手在身前作“十字状”，恳求第三排的各位大人们能够行行好，给我让下位置，估计是因为想在景柏和莲初面前表现的“气质大度”一些，所以她们都没怎么为难我。

呀！怎么感觉周边气氛不对，眼看着距离自己的宝座还有 2 米路程，为什么感觉自己此时正被一股阴阴的风包围？我顺着视线一探——

莲初与景柏已经转过身子，此时莲初正拼命颤抖着，似乎是想挤点眼泪出来，整齐的牙齿半咬着下唇，面对景柏认着错——活该！谁叫你刚刚不该挡偏挡，竟然敢挡总统大人的眼睛！

不过，活该二字我明显骂早了，失去了那两个发光物的“视觉屏障”，此刻的我就如同掉入狼群的小绵羊，在我跟前的每个女生都像打了鸡血一般，手脚全上，占着小小空间中的所有空隙，不让我走近那个位置。

作为此事件的肇事者正低着头，手上捧着一本耽美漫画，偶尔抬头瞄两眼身前的耀眼二人组，估计又在跟她漫画里的 18 禁镜头对号入座了——一道绿光从她暗黑色的双瞳里发散而出，继而奸笑着低头继续啃书——我不由咽了下口水。

耽美狼什么的，实在是太可怕了！

好吧，既然低调解决不了问题，那么我就只有——

我往后一靠，借着座椅扶手的支撑，一个跳跃便踩在靠椅的椅背上，借着与生俱来的平衡力，如同飞檐走壁一般朝前方迅速移动着，眼看胜利在望，我跳至半空中 360 度旋转，“啪”的一声坐在乔星璃身旁唯一的空

位上。

“耶？小音音你什么时候来的？我怎么没感觉到?”乔星璃面色艰难地从她那本《惹上极品娇羞受》上支起头来，我鄙视地丢了一个“秒杀激光”给她，暗示她——看你的吧，废什么话呀！

于是，她便又临危不乱地回归到自己的漫画世界里。

“啪！啪！啪……”

一双脚铐不知从哪个角落探了出来，紧紧扣住了我的双腿，几乎在同一时间，放映厅内所有学生的双腿都被那变态的器具禁锢起来。

我用手抵了抵星璃的胳膊，刚想开口问，一句话便迎了过来——

“别吵！”

{03}

老天爷！谁能派个天使……折翼的也行——给我，帮我好好进化下她迷乱的心境！

祈祷未果，我只能想办法找到埋在小心脏里的巨大疑惑的答案，在我附近除了乔星璃，其她女生均已经把我当成一级枪杀犯，要是此刻她们手上拿着枪支，绝对会有——把我拖出去然后集体射击的阴暗欲望。

所以，我只能寻求我双手能够得着的附近最具男性特征的两位闪光体。

手不由自主伸向正前方景柏的领子，就差 0.01mm，却被我另一只手强制拽了回来，鬼知道这大厅里会不会有狙击手 24 小时在暗处监视着总统大人身边一切可疑体，要是一不小心有错误信号输入狙击手的大脑里，我估计得血溅当场了！

于是，我只能改换目标——把魔爪伸向右前方的莲初，希望他不会嫌钱多，跟着景柏没事干雇了一大批杀手在四周潜伏着。

“小音音，有事吗?”莲初一脸妩媚地朝我迎了过来。

“别叫我小音音，我最近肠胃不好！”我阴着脸，一脸肃杀地盯住他不

安分的眼睛。

“那……小鸡鸡……”

“啪！”我一巴掌拍到了他脸上，幸好他闪得快，不然我一定抽得他连他妈都认不出他！

“还是叫我小音……音吧！”我实在受不了他毫无科技含量的取名能力，他不知道谐音会让我一辈子抬不起头来的吗?

“乖！”他满意地揉了揉我的长发，丹凤眼显得越发狭长。

“喂，我脚上的是什么？究竟是怎么回事?”我手指一勾，把他的视线引到我脚边。

“啊咧咧，小音音是高三才开始发育的吗？好迟哦，我推荐你试试‘乃霸天下’牌木瓜片，保证你……”我捏紧拳头，在他眼前晃了晃。这个臭小子竟然敢鄙视我的胸部?！没看到姐姐我刚刚在放映厅里流了一身汗嘛，那里……因为汗液蒸发缩水了不行啊！

“快解释，否则我诅咒你今晚被景柏推倒○○××一百回合！”我想此刻的我一定是被乔星璃附体了，身旁的她好像感触到了空气中“同道中人”的气息，一个激灵抬起头来，发现周围没有陌生生物后，便继续低下头钻研她的巨作。

“景柏你看嘛，我就说小音音一直都窥视人家的美色，现在倒好，有了我这么个绝色美男子在怀还不够，竟然还幻想把你这个档次差了那么一点点的美丽生物一起拉进来，呜呜呜……人家不依不依啦！”你能想象一个身高180cm以上，虽是坐在位置上，双手却不安分地抓着另一个男人的袖子，娇媚地扭动着身子并梨花带雨地扑闪着眼睛的一代美少年的样子吗?

景柏侧着身子，璀璨的双瞳如琉璃般迷离着我的视线，正等这位高修养、高地位、高档次的北之国总统前来主持正义，他的一句话却残忍地打破了我脑海中所有的臆想——

“是吗？你真这么想？或许……也不错呢。”他玩味地拂去额前水墨黑

色的刘海儿，英气的脸庞却不符身份地染上了点点邪恶的色彩。

主耶稣，我的神啊！拜托他们到底了不了解我刚说的是——莲初被景柏推到，当然我也不介意他们互推，但是这又干我什么事？干吗脑子发抽，把我一道带入他们的情色世界？

对于这种来自外太空的生物，我想我是解释无能了，本以为景柏应该有那么点情商，没想到……哎，果然是“近朱者赤，近墨者黑。”而且还不是一般的黑，明显已经腐烂了！

阿门——让我代替神为你们两人超度腐朽的心灵吧。

愿主与各位零智商美少年们同在！

神仿佛感应到了我的祈祷，整个大厅的灯光都在一刹那间熄灭，是要开始接受洗礼了吗？

硕大的4D屏在大厅正前方缓缓降下来，四周的12个音箱同时发出声音：“各位同学，请戴好座位左手边扶手盒中的4D眼镜，接下来你们将进入一个难以言喻的奇妙世界……”

播音一结束，屏幕上的画面就显现出来，暗黑色的背景下，一列航班正在夜空中飞速往下坠，突然感觉到座位随着机舱里成员的尖叫声一齐往下降，由于速度过快，加上4D镜片中逼真的视觉冲击，一口血差点从我口中喷出来——

“娘啊！救命啊！啊！啊！啊！”学校这是有病啊！把我们这群“钻石级优等生”——好吧，不包括自己——拉到这里来，是给我们放电影放松心情还是打算用这万恶的4D效果把我吓死在这个昏暗的空间里？

屏幕灯光下，身旁的星璃手中紧抓着她的艳本，拼命咬着牙强忍着，我皱眉，要是电影画面换成两美少年借着灯光相拥传情，她一定会边掐着我的脖子，边一百万分贝尖叫，高喊“小音音，你看你看！实在是太华丽太传神太激情了！见到此情此景，我这辈子死而无憾啊！”然后随着声调，她掐我的力道一定会加倍，以为现在正在“死而无憾之路”上的生物是她自己……

“小音音，你怎么吓得连鼻涕都出来了呢，实在是——实在是——太萌了！”在前面乖乖看“恐怖片”的莲初突然转过身子，紧挨着我的脑袋，琥珀色的眼珠子在黑暗中泛着点点星光。

如果我此刻手上有行凶工具，我一定会毫不犹豫地把他的眼珠子抠出来当球踩，臭小子我哪里吓得流鼻涕了?!

一张散发着薄荷香气的纸巾被狠狠拍到我脸上，跟着一起转过身子的景柏——你是打算在我脸上砸个坑出来，是吧?！给纸巾就给纸巾，拍得这么狠干吗！鼻涕没擦干，鼻血都被拍出来了！

“臭小子，我忍你很久了！我流鼻涕关你屁事啊！”我玉手一指莲初别样潇洒的脸庞，“还有你！你不知道女生是用来疼的吗？没接触过女生还是有异性接触恐惧症啊，送个纸巾弄得跟打地鼠一样！”我的手指游走在他们两张优美得令人窒息的脸蛋前，来来回回地指来指去，脑子里飞快组织起所有骂人语句，一股脑地送给他们。

“啊！”

“天呀！”

“爷爷……”

……

四周炸起一片尖叫声，脚边突然感到一丝凉意，低下头望了望，原来是一个小水枪对着我的腿在喷水，估计这就是校方想达到的效果，弄湿每个学生的制服，这样以后就可以多出售一套制服，多赚一笔。

了然地抬头，视线却停留在屏幕上方，无数条鳄鱼朝主角游了过来——

“嘶——”我快不行了！该死的 IMAX4D 巨屏，世界上为什么要造出这么个害人不浅的东西，盯着看屏幕里的影像，完完全全就是身临其境，无数条鳄鱼正朝着我扑过来——

“爷爷！”

“天呀！”

“啊！”

……

之前的尖叫声再度在大厅内响起，然后屏幕一黑，灯光同时打开，原本黑暗阴森的空间顿时回归至温暖的白昼。

我抚平胸口狂乱跳动着的心脏，大口呼了几口气，如果可以，我真想挣开脚边碍事的锁链，然后扑到幕后把那位计划放这部血腥十足冒险片的背后指使揪出来，揍得他不知道自己脑子长在哪里为止！

“北帝学院的各位精英们，是否品阅完这《亡命逃杀》还意犹未尽，希望有机会可以身临其境进入一个神秘的世界，去探索着这世间奥秘，在智力以及体力生存力等方面全方位提升自己的能力！”

明明是一个问句，播音员竟然语气激昂，硬生生把它念成了肯定句！惹来底下所有学生的敲桌抱怨，大厅内变得似乎像正要被原子弹射击一般的“硝烟四起”，谩骂、不满、求救等填充着整个空间。

“因此，校方特此决定，为厅内每一个精英打造一个求生比赛，为了锻炼各位的野外生存能力，你们每个人都会拿到一个生存包裹，而每一个包裹所装的都是不同的 6 种东西，如果你运气好，也许会领到塞满整整一个礼拜食物的背包，当然你也可能会领到装满各式各样石头的背包……同学们，你们一定要运用所学的一切生存知识，幸运度过这为期 7 日的野外生存测试！”

“此次比赛，每五人一组，共分为 12 组，各组名单将由系统随机抽取——请看大屏幕……”

4D 屏再一次亮了起来，无数个名字以及组号在屏幕上闪烁起来，而同时，大厅外涌入一大批负责把学生身上每一样不该带入比赛的“违禁品”搜刮出来放入档案袋装好的搜身人员……

我泪流满面地看着我的手机手表手榴弹……啊，不对！MP4，数码相机……各色高档数码产品从我身上被翻出搜走。

心里如同被别人玷污了一般难受！

“小音音，你来学校是来卖数码产品的吧?”听到莲初的话，我欲哭无泪，我就知道每次他转过身子，自己准没好事!

而看到屏幕上方显示的分组名单，我更是连死的心都有!

S2 小组：景柏、莲初、乔星璃、北飒、苏纪音……

为什么！究竟是为什么！我苏纪音的命为什么就这么苦!

景柏深邃的眸子扫在我身上，然后略有深意地抿了抿嘴。

莲初伸出修长的手指在我额头上弹了弹，“小音音，我就说我们是双宿双飞、有福同享、有难同当、行笑傲江湖、独霸天下的绝代夫妻二人档嘛!”

乔星璃淡定地拍了拍自己的胸：“小叔子别怕！人家以后一定会多多关照你的!”然后压低声音靠在我耳边低语，“可以近距离与两大美男朝夕相处，然后再 YY 那些少儿不宜画面的日子实在太美好了!”

我黑线！现在就差那个高三年级第一——北飒!

北飒求你了，你一定要是一个正直的且脑子正常的地球人啊！不然我这未来 7 天就算没有被奥特曼带去太空，也会在沉默中变态继而香消玉殒的!

{04}

北帝专用的私人飞机在翱翔了 2 个小时左右后，便降落在一块平地上。

按出舱顺序，每位参赛者都随机接过陪同人员递给自己的行囊，而此刻的我才顿时醒悟——原来，校方搞什么 4D 大放送，表面像是在“表彰年级 Top10 最优秀学员”，实则是用锁链把每一个被计划丢到孤岛上自生自灭的精英们禁锢起来，防止中途消息走漏，小白鼠般四处逃窜——

而趁着电影放映时间，上层领导也在紧锣密鼓地调私家飞机，好把我们这群“智商超凡”的未来科学家、领导、企业家……带到这座距离北帝学院不知几个银河系那么远的“临威不乱岛”进行 7 日放养——什么临威

不乱岛！究竟是哪个自大狂取的鬼名字！

在这7日里，每组成员都会被分到不同路线，然后进行生存挑战，每个人身上除了一个“生存包裹”外，还附带一块GPS跟踪手表——怀疑北帝学院的高层领导被某个手表富商贿赂了——什么东西都跟手表搭边。

当生存不下去决定放弃的时候，按表盘上的红色按钮，就会有直升机搜寻队第一时间把你带离岛屿送回北帝学院。但是同一小组的成员中，只要有一个人选择放弃，那就等同于全组失败，主动放弃者将会受到为期14日的校园打扫惩罚，而坚持到最后，且找到学院藏在终点的终极宝藏的小组，每一位成员都会被加上10学分，拥有跳级一学年的机会，同时，还将在藏宝盒内收到学院赠予的神秘奖品一份。

而究竟这奖品到底有多神秘呢——我怎么会知道，我要是知道，那就不神秘了！

我背着行囊，大步朝着我们组的预定路线走去，右手还拎着一个对着景柏与莲初口水流了一路的乔星璃！

身后不紧不慢地跟着闪光二人组。

而他们边上还跟随着脸色凝重的北飒，如果此刻他的脸没有被这阴霾覆盖，相信以他北帝高中部第一校草的地位，绝对能够与身边两位闪光物一决雌雄！

可他究竟是怎么了？不会是因为上次理综卷没有拿满分所以才这般悲痛欲绝吧？

我盯着他的脸看了几秒钟，心中充满疑惑。

“耶？这些是什么？”莲初迫不及待地打开他的生存包裹：一枝红玫瑰，一瓶香奈儿香薰，一面镜子，一袋大米，还有一个——避孕套?!

他捏着那粉色包装的避孕套一脸黑线，“为什么，刚背着我还以为里面有很多有用的东西，可是结果怎么是这些脑残品？少爷我是来野外生存的啊啊啊啊！！！”莲初抱着背包一脸悲怆地对天哀号！

“伤心什么！这些东西多衬你的身份啊！你看看，这个还是西瓜味的呢，夏天看着包装解解渴也好啊！”我的爪子拍上他的肩膀，朝着他吐了吐舌头，活该！看到没有！这就是平日里随便勾搭女生的报应！

于是，为了确定我们每个人的包裹里都不是和莲初一样的“调情专用品”，我们纷纷扯开了自己的背包——

景柏的背包里是：一把银色烤漆手枪，一个打火器，一个烟雾弹，一枚银针，一双筷子，一个鸡蛋。

北飒的背包里是：一本《圣经》，一个十字架，一瓶花露水，一副扑克，一口铁锅，一瓶食用油。

星璃的背包里是：一个指南针，一把匕首，一袋调料，一包烟，一瓶83年红酒，一对杯子。

而我的背包里是：一颗——呃，有点像手榴弹，一排梅花暗器，一袋麻药，一个胸罩，一串葡萄，还有一本《国富论》……

乔星璃张开的嘴巴大得可以塞下一个鸡蛋——景柏的鸡蛋可以考虑现在给她，“姑娘，你的行李正如你彪悍的人生啊！”

“嫉妒什么！好歹我还有水果，你们有吗？哼！到时候别嫉妒我边吐葡萄皮儿边扑萤火虫！”见他们一脸正色完全没有被自己说服的倾向，我只得拿出必杀技：“再怎么着，总比莲初的强吧！”

三人像受了感召般，神情严肃地点了点头。

再次被戳到伤口的莲少爷抱着景柏泪流满面……

“啊呜——”四周响起一阵狼叫，而这一声叫唤可以说比公鸡叫早还准时，太阳在我们还未留意间便悄悄潜入地平线。皎洁的月光普照在森林里，我们五个人之间只能凭着这点光芒相依在一起，然后互眨着无辜的眼睛昭示着自己究竟有多无奈。

“为什么会有狼叫？”我显然忘记了这里不是北帝，更不是什么生态园，这里是一座荒无人烟、与世隔离的孤岛。

“小叔子，你没看下午4D放映厅内的那部电影吗？如果那部电影里所放到的画面便是我们这七天将要谱写的生活篇章，那么别说什么猛兽了，

我估计那些怪兽、外星人、哥斯拉甚至奥特曼都会出来耍一耍……”星璃一脸郑重地望着我脸庞。

有没有那么严重啊……

“小音音，你要是怕的话，就到我怀里来吧，夫君我会保护你的！就算在这破岛上丢了性命，我也绝对不会让你受到任何伤害！”他秋波暗送，深情款款地伸开手臂打算把我搂进怀里，景柏只是一抬手便把他拍飞到49米外的大树上，他吃痛地咬着牙，身子在树上慢慢下滑着。

还好手腕上的紫灯并未亮起，这个该死的活动还有一个规定，就是团队里每位成员间的距离都不可超过50米，否则，Game Over！美其名曰，为了增强什么团队合作能力，以及团队凝聚力！

哎，要是景柏不是北之国的总统，我会考虑把他带回神之国当我的一把手小弟，就凭他这种智商！这等“战斗力”以及精确到厘米的“控制力”，不仅帮我把莲初狠狠地摔到“半身不遂”，更重要的是竟然精确到只甩到49米处……再加上他难以超越的美型程度，这种极品小弟，我上哪去找啊！

我不由用手肘抵了抵他的腰，“喂，考不考虑换行业?”

他扫来疑惑的视线，“嘻嘻……开玩笑呐！总统大人千万别当真啊！”说完，我假装咳嗽了两声，扭头便离开闪光二人组，自愿投入星璃只身一人的“腐女阵营”。

星璃手上少了腐女漫画后便只能化悲愤为意淫，拉着我的小手，对着莲初与景柏指指点点——

为什么我的眼珠子还是逃不开他们两个的腐蚀?

调整心态，我的视线越过闪光二人组，流连在这原生态自然林中，青葱的绿树高耸云霄，地面上每一株植物似乎都比普通花市里的大，但同时也显得更加鲜艳欲滴。

跟随着漫空飞舞的萤火虫，映入眼帘的是北飒满是阴郁的脸。

大脑飞快在记忆中枢找寻有关北飒的个人信息——

记得以前每次吃饭，自己都是在北飒、莲初、景柏……以及有关北帝学院各色美少年的花痴议论声中度过，各种片段组织起来，想到此我突然倒抽一口气。

北飒是北帝大学部校长的独生子！

而校长在上个星期死去，是自杀还是他杀，警方还未给出任何相关说明，虽然死亡消息对外封锁，但他是校长唯一的儿子，他肯定会知道，而现在——他却要忍耐着，参加北帝初学考试，以及这个白痴一样的野外生存赛，他此刻会是多难受！

我不由自主地挪动着屁股坐到他身旁，北飒冷漠的视线击打着我，双眸里也显露着万般无助——

我用双手握紧他的手，他的手很纤长，很好看，只是内心的绝望使得他的手是那么冰冷。

“不要伤心了，你还有我们……”

“其实每个人的最终结局都一样，无非一个死字，如果一个人连死都不怕，你说他还会怕什么呢？不管怎么说，既然活着，开心也是一天，不开心也是一天，既然曾经有遗憾，那就尽量做到让未来充满意义……过去的便是过去，躺在床上静静等待着，迎接你的永远都是明天的太阳！”

绿色的双瞳惊恐地睁大：“你怎么知道的？”他的语气显得有些焦急，而更多的是难以置信。

“不仅是我，在这里景柏、莲初也知道，而且我们还见到了案发现场，可惜……”可惜校长已经这么永远睡下去了。

“哼，我现在什么都没有了，你是不是也很可怜我？”他自嘲地笑了笑，语气又降了几个冰点。

“干吗可怜你，我都说了每个人的最终结局都是一样的，只是早晚问题，我又不是可以避免，我也是凡人，总有一天会死的，那我干吗同情你？”

“记住！既然活着，就要珍惜每一寸时光，我现在大发慈悲地给你 10

秒钟，让你抛掉脑中一切伤心的事情，在这10秒钟之内不管你是哭是笑是打是咬，我的身子都交到你手上，未来绝对不会对你进行报复！而10秒钟以后，你将是一个重新的你！把一切消极的、不愉快的情绪统统抛掉，换成一个积极乐观的你！你可以……可以做到吗？”我捏了捏他的手，希望他能够早日走出自己丧父的悲痛，早日打起精神来。

看他眼神有些动摇，我便伺机开始倒计时：“10——

9——

8——

7——”

他终究还是控制不住内心的伤怀，忽然抱住我的身子，似要把我整个人都揉进他的怀里。他就那样紧紧禁锢着自己，整个人都强烈地抖动着，冰凉的液体流入我的脖颈。

“2——

1——

0——”

倒数数结束。

他松开我的身子，然后抹干了眼角的泪痕，送给我一个浅浅的笑容。

“谢谢你！”

“不客气啦，我们现在可都是难友，以后要谢的地方还多着呢，干吗把这两个字提前丢给我！”他伸出手为我理了理胸前的制服，眼色一沉：“其实，我一直怀疑我父亲不是自杀，并且我也一直在想办法收集他杀的证明——可是……”

“可是什么，别忘了还有我们！”不知何时，景柏、莲初、星璃都朝着我们围了过来，景柏朝我们露出一个“放心吧”的眼神，然后抚了抚地上的杂草，弯腰轻轻坐了下来。果然是娇生惯养的总统大人——

这么嫌弃大自然的一草一木，再看看莲初，他可比景柏强多了！

正打算用眼神赞扬下莲初的“洒脱大气”，却见着他一屁股坐到景柏怀里，惹得景柏连打带踹地把他甩到一旁，而身旁的星璃此刻的表情简直跟吃了春药一般。

果然是传说中的“青梅竹马”，什么德性啊！完全就是一个模子里刻出来的！一个半斤一个八两！

“对于校长的死亡线索，SPI（特殊搜查队）正在全方位搜寻他杀线索，相信等我们出了这个岛，他们那里绝对会有线索。放心吧。”总统就是总统，一句话就把北飒治得服服帖帖的，刚才我花了这么多精力才勉勉强强把他从悲伤里拉了出来，而他的一句话，却弄得他如同打了鸡血般地重生了。

如果世界上真的有奥特曼，那他现在这种状态绝对可以称得上是刚打完怪兽，血条重新加满，然后帅气望天一跃飞升的凹凸 MAN！

北飒感激的眼神迷散在黑夜下，璀璨的星辰在我们这次“贴心 1+3”中镶满天空。茂密的丛林中传来窸窸窣窣的声响。此时我才猛然想起，这么黑的夜我们竟然连火都没生一个，我们这是在进行烛光晚餐还是黑夜派对！

不想活了是吧！再不行动我们今天就都要变成各路狗熊虎豹的盘中餐了！

{05}

【第一日】

“你个白痴！让你倒食用油你倒的有水平一点行不行！好不容易起的火又被你浇灭了！”

“还有你！撕个圣经干吗这么胆战心惊的，又不是在撕钞票！呐呐呐！拿去！我这本国富论比较厚，有 1000 多页，足够你撕了！”我掏出《国富论》，“咻——”地丢到北飒头上！

“景柏！你打火机扔哪去了！啊喂！别借莲初玩火了！今晚还想不想睡啊！”

“莲初！快给我滚到那边去陪星璃捡柴火！”

……

天呀！这究竟是什么状况啊！这里站着的可是五个成年人！而不是幼稚园的小孩子……十几年的知识是白学了是吧？幸亏自己从小就开始在野外对逃生技能进行实战，就这水准的七日游——那完全是小case！

借此可以如此威武地指使他们工作——尤其是挥挥手指命令总统大人为自己工作，这种感觉还真不赖！

《国富论》撕得只剩下2/3了，柴火也堆得差不多了，我们五个人已累得满头大汗，一起围坐在篝火旁望着熊熊燃烧着的火焰若有所思。

“如此良辰美景，小星子，把你那瓶83年红酒给少爷我取出来，今晚我们不醉不归！”

“是——”星璃行了一个标准的军礼，从背包里掏出那瓶价格不菲的红酒以及两只贼亮贼亮的玻璃杯。

莲初这小子还说什么不醉不归呢！就算是真醉了，你也是“归”在这个鬼地方！说不定连死，都是死在这里！

不过现在问题又出现了，杯子只有两个，而嘴巴却有5张。间接接吻什么的，像自己这般洒脱之人，以及莲初他们这般随便之人，可以直接忽略为浮云飘走。而真正的问题是——这里只有一瓶美酒，在这种饥荒且心烦意乱又没有安全感的夜晚，哪个人不想把整瓶葡萄酒吞进肚子里，以此借酒消愁……

“吱吱吱吱——”无数道视线在酒瓶以及玻璃杯上打转，无形的硝烟已然升起。

“看来没办法了……在这种时刻，我们只能用最公平的方式来决定这瓶红酒的去向！”

“嗯嗯！”四道目光从美味上脱离，转到了我身上。

“咳咳。”我重重地咳嗽了两声，然后左手一指北飒——“快，给本小姐把那副决定命运的扑克牌拿出来！”

没想到校方竟会考虑得这般周到，连扑克牌都为我们这群寂寞的野狼准备好了！

最公平游戏规则：每个人随机抽一张牌，凡是抽到“2”的便可以命令在其余四人中牌最小的人做一件事，每件事都是有时限的，5 分钟内需完成，如果超时，或者放弃，那么抽到“2”的成员便可以饮下一杯红酒，反之，第一次饮酒机会将给任务完成者。

抽到“正司令”，拥有毁牌权利。

抽到“副司令”，拥有把下令者与执行者间的身份互调权利。

如果游戏中出现重复牌，可以选择再从总牌中重新抽取一次。

……

经过我详细的讲解，这个关乎每个人“红酒命”的终极游戏开始了——

星璃啪地甩出一张“2”——

“牌面最小者把我手上这包香烟一次性吸光！”

星璃满脸灿烂地挥舞着她的“求生道具”——一包烟，一次性吸光是什么概念?!

“呜呜呜呜——不要啊！”为什么会这么惨，我为什么会抽到一张 4！而其余几个人抽到的都是“J”级以上的牌……

天要亡我啊！！！

星璃万般无奈地为我动手拆着烟包装：“女人何苦为难女人呐，别恨我，千万别恨我……谁让你手气这么差，我看……要不——你弃权吧?”

这一局里为什么就没有人抽到正副司令可以替我解围呢？等等——印象里，景柏好像是副司令！

“阿景、小柏柏、亲爱的——”我一脸谄媚相，抱住景柏的大腿蹭啊蹭，希望能够“色诱”成功，让他放出那张至关重要的副司令！

“想要我出牌?”

“嗯嗯！”我狗腿一般地点着头。

“那你……求我啊！”景柏的嘴角勾起邪魅的弧度。

这个贱人！我暗暗咒骂，脑袋右上角忽然出现一个穿着豹纹装女王样的女子拿着鞭子狠狠抽景柏的影像……

我让你嘴贱！抽死你！抽死你！

“看着”他倒在我脚边鼻血四溢，楚楚可怜地抱着我的鞋子，啪嗒啪嗒眼泪四溢，我叉腰高声笑了出来！

“喂，小音音，你在想什么呢？为什么眼神这么恐怖?!”莲初的一句话把我从自己“难以言喻”的幻想世界中拉了回来，我闭了闭眼，把原先欢快的图像从脑海中消灭掉，然后继续扑到景柏腿边，一把鼻涕一把泪地恳求着。

“呜呜呜呜……总统大人，是您说要提倡少烟、禁烟，说吸烟有害健康！抽一根烟，我就会减寿 N 年，那么抽这么一盒，我可能还没活到 30 多岁就会香消玉殒了，何况人家还是女孩子不是吗？呜呜呜……老大、老爹、老公……公，求你了！”我差不多花了 4 分钟来演完这段苦情戏。

“啪！”他甩出一张副司令，“命令逆转！”我顿时泪流满面，我就知道，这个世界上——总统永远都是正义的化身！

于是，此时这个需要一口气吸完一盒香烟的悲惨生物就是——乔星璃！

“这又是何必呢，女人何必为难女人，你说是吧！”星璃朝我们摆着手，一步一步后退着……

小样儿，别想跑！“景柏，打火机伺候！”

“不要，不要！求你们了！呜呜呜……我放弃，放弃还不成吗！”她小手一挥，把捏在手里的香烟盒子丢进火堆里，火舌一瞬间吞没了这盒易燃物，火光也随着加亮了几分。

——听总统的话，我们要远离烟草，关爱生命！

“呐，杯子给你，这次你赢了，就赐你喝一杯吧。”一个玻璃杯被塞进我怀里。

我奸笑着把玻璃杯推了回去，继而一把抢过莲初手中的红酒瓶，咬、砸、戳全上，花了好长一段时间才把瓶盖拔出来。

“你们别过来……退后！给我退后！”我举起酒瓶咧嘴在黑夜中发着笑。

“喂，你不要想不开啊，这里就这么一瓶佳——佳酿啊！”

“切！”我朝着他们吐了吐舌头，然后含住瓶口，大口大口地喝起来。耶，味道好好哦，就不给你们喝，羡慕死你们！

“啊！”不知被哪个缺德鬼用《国富论》砸到了脑袋，红酒瓶也在一瞬间被别人抢走，在我倒地昏迷的前两秒，我朦朦胧胧地看到那几个家伙举起酒杯，“干杯！”

刺眼的红色液体在我双瞳中盈盈流动着。

你们给我等着，等老娘明天醒了，让你们一个个都知道——花儿为什么会那样红！

{06}

【第二日】

好累啊，为什么感觉身上像被怪兽压着一般难受？

云朵在天空中软绵绵地飘动着，试着动了动双手，啊咧？怎么抬不起来了？眼前的视线一点点清晰起来，但现实却让我更情愿昨天被他们砸死，然后埋在这里，也不希望今天起来见到的会是这样的情景！

莲初整个身子呈“大”字趴在我身上，嘴巴还吧唧吧唧地不知道在回味些什么；而我的身子被景柏圈在怀里，他颇有安全感的双臂环着我的脖子，怪不得昨天晚上梦到自己被人用胶带粘住嘴巴，差点窒息！都是这厮搞的鬼！

星璃两条美腿很随意地压在莲初的屁股上……

怎么感觉少了一个人？北飒呢？

汗，难怪自己整个晚上都有一种“靠着枕头”的感觉，不出意外，被

我枕在脑袋下当靠垫的身体就是北飒的……

现在这个样子，我算是他们下榻的“中心点”了，只要我一动，他们一个也无法继续睡下去！

“啊！金刚！”我扯着嗓子大叫，身边的四个人都忽然惊醒，七手八脚地开始行动起来。

“哪里哪里！金刚在哪里?!”星璃边扣着胸前不知何时解开的扣子，边四处搜寻着金刚的踪迹。

景柏直接从腰间掏出一把银闪闪的手枪，把我们护在身后，冷冽的视线向四周探视着。

莲初估计还没醒，眼睛都还未睁开，只是胡乱在腰里摸着什么，似要掏出什么惊天地泣鬼神的武器出来一般。他摸索了半天未果，“啊，好痒啊！”娘亲，原来他装模作样折腾了半天，是在挠痒?!

北飒一脸神往地冲着我们大喊：“把它抓起来，早饭就吃金刚了！”

“吃你个头啊！你们甭找了，金刚还在睡觉呢，快点想办法弄点吃的来！”

“靠！”

“靠！”

“靠！”

齐刷刷的三声。

“靠……靠什么呀?”这是刚从睡梦里起来的莲少爷姗姗来迟的——靠。

虽然被鄙视了，不过结局还是——

我和景柏一起抬着一口大铁锅和一袋米跑到50米距离限制内的小溪边，找了个安全的地方蹲下。

景柏作势就要拿起铁锅浸入溪水中，我急忙出手阻拦他。

“等等嘛，让人家先洗个脸。洗完了你再洗锅和米成不?晶莹剔透的脸蛋可是女人的命呀！你一定不想见到一个沉鱼落雁闭月羞花含苞待放风

月无边的美少女因为一张粘着泥土的脸蛋儿伤心欲绝郁郁寡欢抑郁而亡吧?"

想要 KO 那些地位高人一等、眼睛长在头顶上男人的必杀方法就是——要不停地恶心他们、对着他们撒娇、偶尔还可以把自己的口水鼻屎什么的“不小心”蹭在他们衣服上，在这种听觉视觉以及触觉三方面的冲击下，他们往往都会“束手就擒”——任君玩弄!

“好……好吧!”他无奈地耸了耸肩，把铁锅重新放到地上，然后面色轻松地准备看着我如何进行“梳洗”。

哎，不知为何，我竟悲怆地叹了口气，然后从口袋里抽了半天，抽出那个作为附送品的——胸罩。身上也没什么可以当毛巾擦脸的东西了，这个求生囊里送的小礼物，也算是物超所值了。

拿着它沾了沾水，开始上上下下左左右右地擦起我的脸蛋。

哇塞，溪水真舒服，冰凉冰凉的!

待清洗完毕，身旁的景柏已经整个人都僵硬了，我捏了捏他的脸蛋试试他是否已经进入冰冻状态，却发现他皮肤软软的、滑滑的，捏起来很是舒服，禁不住又多捏了两下。

“要不要也试试?”我谄媚地盯着他的双眸。

“不要不要!”他试图挣脱我的手，拼命摇着头。

嘿嘿嘿嘿，这可由不得你，洗脸的行为本来就令人面子挂不住，要是不把你这个唯一“目击证人”拖下水，以后说不定会被人捏着把柄要挟呢!

我一不做二不休，把他整个头都按进水里，左手胡乱地在他脸上擦来擦去。

“舒服吧!”

“呜——唔——”他在水里艰难地挣扎着。

……

“调教”完毕。

把铁锅里里外外洗干净，取出一餐饭量的大米也洗得白白的，又盛了半盆水，我扛着所剩无几的米袋，开始往回走。

景柏端着盛满生米的铁锅，战战兢兢地跟在我身后。要是他锅里没米的话，我估计他绝对会拿起锅直接把我敲得不知道“1+1=?”!

“小柏子，小音音你们回来了!”莲初拎着一根木头，看着我们回来就从地上站起，“风尘仆仆”地朝我们跑来。他的脸上，像被人用木炭敷过面膜一样，黑得只剩下一双琥珀色的眼睛，一脸期待地盯着我们。

“小柏子，你的脸怎么这么红，是不是花粉过敏了?”莲初指着景柏的脸开始大声嚷嚷。

“哼，是啊，还是一朵又自大又臭的花!”景柏锐利的视线直逼我的脸。

“这怎么了得，被这种超乎自然界理论而独立存在的——会自大、会臭屁的花盯上……呃，这里真有这种花?”

“你问苏纪音。”景柏丢下一句话就提着铁锅朝火堆走去。

我摆了摆手：“别问我，我要回去煮饭。”嗖地一阵风刮过，我赶到了火堆边，撑起下巴看着北飒和星璃联手把这“生米煮成熟饭”。

等得肚子都快饿扁了，昨晚也是为了抢一瓶红酒，虫子都没吃一只，今天早上还折腾了这么久，我真的要在这“临威不乱岛”上度过余生了吗?

20分钟。

在我们五道炽热视线的交织中，以及热火的围攻下，生米终于煮成——呃，稀饭了!

方圆几十米连根青菜都没有，我们只能吃纯天然的稀饭了。

不过有稀饭吃也不错。

景柏掏出我们这儿唯一一双筷子，刚想下锅取点什么，四双爪子已直接冲入锅底开始毫无形象地大口吃“手抓稀饭”，景柏皱了皱眉，以迅雷不及掩耳之势丢掉了筷子，一双罪恶之手迅速探入饭锅——

吧唧吧唧。稀饭不是一般的清淡，但是味道真的还不错。

就这样，为了保存体力，我们一致决定原地待着不动，养精蓄锐、蓄势待发，整整用了一天的时间，来“适应”这个陌生的环境。

而米袋也在我们这一日的抢夺下，终于——空了！

{07}

【第三日】

米袋空了，唯一的水果——葡萄，昨天因为莲初不小心一屁股坐到我背包上，也随着莲初的裤子光荣殉葬。

我们现在唯一可以吃的东西，只剩下一瓶食用油以及一包不知什么味道的调料。

如果饮食用油可以自杀的话，我想我可以试试。

“我要吃饭！”我快饿死了，饿得前胸贴后背，连胸部都快缩水了！该死的北帝学院，要是以后我因为这个原因而嫁不出去，我一定拿原子弹炸飞那里！

“小叔子，等我死了，你一定要每年烧一座书店给我，而且还要挑专卖耽美文的书店，知道吗？”星璃泪眼汪汪地靠进我怀里。

莲初不知哪根筋搭错了，香奈儿香薰喷了一身，捧着镜子摆了几个pose，然后一枝玫瑰花出现在他手指间：“你们等着，我现在就去勾引一群母狐狸回来！今天我们吃串烤狐狸！”说完，迈着潇洒的步子朝着远方走去。50米的人员范围限制，你想勾引什么去？明明自己就是一只不折不扣的狐狸——狡黠……美丽。

“我去抓几条鱼回来。”景柏嗖地从袋里掏出那把银色手枪，朝昨天那条小溪川走去。

而现场除了我以外最正常的应该属北飒——呃，他怎么睡死在那里一动不动的?！大概也许说不定是——饿晕了。

“啪啪啪啪……”远处传来令人振奋的枪响。

5分钟后，景柏抱着一堆鱼出现在我面前。

他把鱼甩在地上，拍了拍手，“剩下的就交给你了。”然后转身找了个地方“保存体力”。

怀里的星璃一望见那五条蹦跶着的鲤鱼，一个鲤鱼翻身就站了起来，哼着歌精神抖擞地开始生火烤鱼。

15分钟后。

北飒闻着鱼香原地复活重生，莲初外出的这几分钟内，母狐狸没勾回来，倒弄得自己一身狼狈，发型都乱得那么……犀利——齐刷刷地盯着颜色越变越好看的鲤鱼。

星璃边烤边把她口袋里的调料包倒在鱼的身上，顿时香味浓郁了许多。

又5分钟过去了——

我们迫不及待地接过星璃分给自己的鱼，滴着口水咬下了第一口——

“咔嚓。”

“呀！”

“这什么啊！”

……

呜呜呜……我的牙齿都快被鲤鱼肚子里的子弹硌掉了，景柏看着我们四个人张牙舞爪痛苦欲死的表情，抱歉地说道：“不好意思，刚子弹忘记取了……”

“喂，你们觉不觉得身子后面痒痒的？”莲初脸色有些凝重。

“我也有这个感觉——”星璃答道。

北飒整个脸庞已经僵硬了。

我无奈地叹了口气：“别感觉了，你们回头看看，有‘好朋友’来看你们了。”

两人回头一看。

莲初的脸直接变成铁青色。

两头三米高的黑熊正睁大双瞳朝着莲初和星璃吐着热气，它们缓缓伸出两双毛茸茸的爪子，对着他们手中的鱼指了指，嘴巴一张一合的，似在说：“把鱼给我。”

“不要！”莲初见要发生“食物危急”，立刻把鱼护在胸前，然后低下头“啪嗒”咬了一口，“吧唧吧唧……我已经饿了12个小时了……别……别跟我抢……吧唧吧唧……”

正因为他的“吧唧吧唧”，两头熊的眼睛顿时变得血红血红，其中一只熊一把夺过离它们最近的星璃手中的鱼叉，而另一只熊直接飞起一掌把莲初拍飞，插在叉子上的鲤鱼在空中一百八十度旋转，咚地敲在它头上，它摸了摸额头，捡起鱼“吧唧”一口塞进嘴巴里，红得快滴出血来的眸子突然转向景柏、北飒，还有我。

景柏立刻掏出那把手枪，“啪”一声按了下去，呃，怎么没见子弹飞出来？

“抱歉，刚才子弹都用来抓鱼了。”

北飒左手拿着圣经，右手握着十字架——做祈祷状。

两头公熊明显被我们惹火了，大口呼着气，一脸肃杀地朝我们冲过来。

“纪音！快扔手榴弹！”北飒冲着我大喊。

“扔你个头，这么近的距离，估计我们还来不及跑，就一起炸死在这里了！”

“砰！”一个烟雾弹在空气中炸开！

好样的！景柏！果然是传说中的临危不乱帝！

趁着烟雾还未消散，我们五个很默契地往正南方向飞奔——

嘿咻嘿咻，男生腿长就是好处多，我和星璃跟在他们后面跑得连命都快没了！

跑了差不多有上千米，因为我和星璃明显吃不消的体力，大家终于停了下来，靠着身旁的大树大口大口地喘着气。

跑这么远，应该安全了吧？

那两只贱熊，竟然敢耍流氓抢走我们唯一的食物！

下次见到它们，我一定拿机枪掀了它们的窝！

“咕噜噜。”好饿啊……

我们开始分头找吃的，不管是天上飞的，还是地上爬的，只要是可以吃的，我们绝对不会介意它们“出身何处”！

“小叔子，我在那边找到一只螃蟹欸。”一只螃蟹被星璃拎在手上。

“快！生火煮了它！”

“纪音，这些果子不知道可不可以吃……”北飒捧回来一大堆青色的果子堆到地上。

“吃！吃！就算被毒死我也要吃！快去河边洗了它们！”

“小音音，我抓到一只兔子……”

“快！宰了它！”

……

此刻的我们，已经毫无人性可言，原本善良的小心灵在这阴森的树林中变得越来越混沌……

肚子好饿啊——

“喂！你们愣着干吗？快行动啊！”我双手叉腰做泼妇状！

“东西是我们找的，这饭前处理的任务当然要归你！”

……我错了……为了把肚子填饱，老娘这次拼了！

【第四日】

我们边循着地图上的路线找“宝藏”，边使着各色“暗器”捕食——

“刷——刷——刷”梅花飞镖在我多次重复利用下，变得越来越顺手，现在的我就算是闭着眼睛都能把树上的、地上的、水里的肉食动物咔嚓解决掉。可以说是——百发百中！

星璃拿着匕首砍了一路的果子，北飒一脸谄媚地跟着我们，为我们抹上香味四溢的……花露水——说起来，这林子里虫子还真不是一般的多。

景柏拿着那根据他自己说可以用来试毒的银针，在我们食物上不停地叉来叉去。

而莲初，每时每刻都捧着他的小镜子，声声哀叹着因为饥荒过度而显得“形容枯槁”的自己的美丽脸庞。

……

【第五日】

我们离开 A 区，来到地图上标示的 B 区，没想到一踏出边界，我们就好似从一个“鱼米之国”步入“果物之乡”，没错，在这个鬼地方，我们除了能见到各种五颜六色的水果以外，其他飞禽走兽连根毛都没有！

好吧，有水果吃也算是件不错的事。本想这么安慰自己，没想到景柏一拔出银针，给出一个结论：“这水果有毒。”

不信邪地把最近一棵树上的所有够得着的果子叉了一遍，结果——

我们悲哀地落泪了，这下真的要饿死在这儿了。

……

【第六日】

五具“尸体”趴在地上一动不动，距离上次猎杀，我们已经整整 28 个小时没有进食了。

老天爷，快给根鸡腿砸死我吧！

我们的生命指数正一点点接近枯竭……呼吸越来越弱……越来越弱——弱到再度昏睡了过去。

【第七日　Last Day】

夕阳的余晖正一点点撤离山顶，我们挤在一座几百米高的山脚下，立誓就算死在这里也不要向校方求救，反正只要再过 11 分钟，为期七日的

冒险时间就要结束了，因此我们待在这里“挺尸”所剩余的时间也不会太多，很快就会有专业搜查小组把我们从这个鬼地方空运回去，到时候我回去的第一件事就是拿一架大炮来击毁这个“临威不乱岛”，免得北帝学院校方领导明年继续祸害下一届的天才奇葩们！

“您所剩的时间还有10分钟——”我们五个人手腕的GPS表竟在同一时间发出声响，令人心脏不禁狂跳的秒针转动声以高分贝在稀薄的气流中奏响。

“喂喂，没有走到目的地就挂了，我们回去不会真要打扫学校卫生吧?”莲初厌恶地开始解胸前衬衣的扣子，原本就略显凌乱的衣裳此刻早已破成碎布条一般。

“对呀！学校这么大！就算这次来冒险的学生一个都没完成任务，大家一起合作也不可能把北帝打扫干净呀?!”

“总统大人，到时候你可以下达命令封了北帝学院吗?”

“……”

明明腕上的是电子表，可是可以传出秒针转动音已经很令人匪夷所思了，然而之后这手表好像灵魂附体了一般开始“加入”我们的对话：“少年少女们，打起精神来！万物之源始于心，而心的方向就是宝藏所在地的方向。”

电子表发出柔情的大叔音对我们进行励志演讲。

心的方向便是宝藏所在地的方向?

我不由自主地抬头望天，夕阳正一点点下沉，如同胭脂盒被打翻了一半，天空被染上一片红晕。

真希望现在有一架飞机可以从天空中降下来，然后载着我们回北帝学院。

视线顺着夕阳下落，身后的高山也在我的眼中越变越矮。忽然一道亮光在山壁的某处惊现。夕阳落山，而它跟着微红的光点肆意地闪耀着。

“喂，你们看那边！”我立刻叫住身旁的伙伴一起看那个点。

“那个，会不会就是我们要寻的宝藏?”

“很有可能！快！我们想办法拿到它！”

“想你妹啊想！你没看到它在什么地方吗？距离地面 50 米的样子好不好！你以为你是折翼的天使啊，能够自动生成翅膀飞上去拿?”乔星璃被我一句话惹得直翻白眼。

“您所剩的时间还有 5 分钟——”

“别装电子表刺激我！滚！”莲初一本正经地在我耳边告诉我冒险所剩时间已经不多了，的确，是不多了，仅仅 5 分钟，我们究竟要怎样才能攀爬到这座山壁上取东西呢?

我第一次觉得这座岛屿的名字取得真的很贴切，遇到这么传奇性的一刻，我竟然开始变得有些临危不乱！

视线被一只忽然出现在我们队伍中的小猴吸引，它摇晃着小尾巴，嗖嗖地蹿到莲初衬衣敞开的胸膛上，两只毛茸茸的小爪子不停地在他身上摸来摸去。

“景柏，它！它！它要非礼我！”莲初手舞足蹈地开始把猴子从身上拽下来，可是猴子长手一圈死死环住了莲初的脖子，异常性感的烈焰红唇一点点凑近莲初的唇瓣——

顿时，现场的空气显得异常燥热！

“我们要不要回避一下！”这么重口味的情节，在这么激烈的时刻，即使冒险时间所剩无几的我们，作为新成立的“娇羞四人组”，我们四个顿时撑起手掌捂住自己的眼睛。

“臭猴子！想亲本大爷，除非把石头缝里的那个盒子取下来给我！”透过指缝，我依旧可以看到莲初用力扒着猴子的不协调动作。

偷吻未果，猴子好似回光返照般一个斜上方 45 度明媚望天，乌黑的眼珠子盯着山壁里那个闪光物咕噜噜地转动着。它挣开莲初的双手，飞也似的蹦跳在地上，然后以瞬间移动般的超自然速度，攀爬在山壁上的身影比奔跑在原野中的汗血宝马还要潇洒。

几乎没几秒钟，一个笔记本大小的黑色盒子被猴子拎到地面。

盒子沉重的落地音，让我们难以置信刚刚眼前所发生的事，这只猴子通灵吗？还是说它是被校方事先安排在这里引导我们走向藏宝地的NPC(玩家控制角色)?

不过，在猴子任务完成后，直接转换视线扑到莲初的怀中，然后搂住他的脖子继续进行一系列犯罪行为，可以看出，它！真的只是一只普通的猴子，一只普通到天理难容的色猴而已！

我们直接忽略莲初被侵犯后左右乱蹿的窘迫样，面露金光朝那个神秘的黑盒子走去。

景柏如美玉般白皙的手指覆在印有盘龙古文的黑盒上，指尖轻轻扣动环锁，伴随着“啪嗒啪嗒”的开锁音，五只颜色齐全的透明手表出现在视线中。

这是什么状况?!

手表！怎么可以是手表！我们历经千山万水耗时一个礼拜的冒险行动，为的只是五只手表?！果然！手表厂商和校方领导一定勾搭上了，北帝各类高科技产品动不动就跟手表搭边。现在连“最后之宝藏”都设定成令人欲哭无泪的手表，这让我们这群“热血”小青年情何以堪啊！

“恭喜各位，在限定时间内成功到达终点！特此送予由V cheal集团赞助的最新款隐形数位手机五台，希望同学们经历过这一个礼拜的合作冒险后，能够一点点走入彼此的生活，并明白在这个世界上，走向梦想的最重要途径就是团队合作……”

一支微型录音笔在盒子开启的一瞬间便启动组织人员事先录制好的“颁奖词”。我们略微羞涩地望了下彼此，然后迫不及待地将罪恶之手伸向外表看似手表实则是数位手机的高科技产品！

这是一个比一般手表大一圈的矩形透明手表，手表扣在手腕上，光线可以成功透过表盘散落在皮肤上，在阳光下，这块外表简洁却又尽显高贵的手表会在正中央淡淡地显现出时间和日期，而当手指从侧面划过，一块更加微型的手机按键从宽度仅 5mm 的表盘中旋转而出，依旧是透明的色调，当手指按在悬空的数字键上时竟有真切的触感从指间传来。

这是我见过的最高科技最时尚的手机，真想马上取回被校方保管的手机，然后把手机卡塞到这个手表中——不过，又该怎么塞进去呢?

“喂喂！分赃也别忘了我啊！”不知从哪儿蹿出来的莲初，发型已被猴子蹂躏得难以见上帝，黯淡的眼睛怨念地望着我们。猴子依旧深情地扒着他的脖子，如玛瑙般璀璨的眼珠子享受地眯成半弯。

“轰隆隆”，天空中响起熟悉到令人不禁落泪的飞机盘旋音。

一架军绿色的直升机环绕着云朵一点点向我们靠近——

我们，得救了吗?

视线有些模糊，或许这就是经历了太多不可思议的事情之后的感怀吧！

{08}

翌日。

骄阳似火，北帝校园内百花盛开。

而比起学院内开得如火如荼的嫣然花朵，高三 A 班的教室内也气氛高涨，每个学生的脸上都洋溢着无比羡慕的神采，如同小蜜蜂般不停地围绕在我和乔星璃身边，询问在为期一个礼拜的冒险中，有没有和总统大人擦出火花啊，或者莲初有没有对景柏深情表白，抑或北飒的身材是不是很好呀之类的超没营养的问题。

身旁乔星璃旁若无人地全身心投入在自己的小说内，听到 18 禁问题会偶尔抬起头来露出大板牙，然后飞快低头沉迷于自己的世界里。

其实我真的很想告诉她们，莲初和景柏没有擦出什么火花，但是最后竟然跟一只战斗力暴强的深山野猴勾搭上了——要不是为了保全莲初仅存的面子，我才不会隐忍着这个爆炸性的话题暗自神伤。

原本叽叽喳喳的花痴队形在之后的三秒钟内消失得无影无踪。

教室门口，一个修长的身影，美型地倚靠在门框上，墨黑色的刘海儿伴随着教室内的中央空调柔顺地飞扬着，炫目的灿金色双瞳霸道地扫视着我们，引得所有女生屏住呼吸难以置信地盯着突然出现在三年级A班教室外的景柏。

“苏纪音，出来。”景柏炽热的视线打在我身上，他小指一勾，命令我立刻出去。

顿时，原本静谧到连呼吸声都可以察觉的室内，一下子如火山爆发般发出惊天动地的尖叫声。

女生们拼命眨着眼睛，飞快从口袋中掏出手机，“咔嚓咔嚓”凌乱的快门声以每秒几百次的频率在室内出现。

我挺着脖子，从女生堆里挤出去，女生们好似斗牛士般一个紧挨着一个，比见到外星人登陆地球还要疯狂的花痴声把我的耳膜都快刺破了。

要是哪天景柏换行业当明星去开演唱会什么的，地球一定会被摧毁的吧?!

女人的力量永远都不容小视，特别是一旦女人眼中多了一个男人的情况下!

我废了半条命才挤到他身边，海蓝色的制服裙都快被挤歪了，他只是斜睨着指了指我的裙角，然后出了大门自顾自向前走去。

喂喂喂，明明是你叫我出来的，你……

怨念未果，我只能理了理裙角，然后飞快地追了出去。距离我的双脚离开教室的1秒内，教室内的学生们蜂拥而出，不过可惜的是，不知从哪个角落里跳出来的一群保镖，把她们死死封在原地。

我只能一边跟随着景柏，一边还时不时地转过身子望着她们生不如死的悲怆表情，痛惜祖国的花骨朵都被这种闪耀品种影响得还来不及开放，就已被摧残。

离开教学楼，前方的他放慢脚步，然后突然转过身子面对着我的方向，满脸黑线：“你就不能走快一点吗?”

“不能！坚决不能！”我双手架在胸前，划出“十”字状以显示对他“总统气势”的不满。

迎着阳光，他向我踱步而来，五米远的距离他竟然几步路就走到我身前。

景柏拽过我的左手，把我扯到他身边，然后继续摆出万年面瘫的表情，向林荫下的某辆炫蓝色的跑车走去。

按下车门自动开锁器，名车的车门向上方旋转，“进去！”命令的口吻从他齿间流露。

我不情愿地在他的注视中一屁股坐上副驾驶座位，然后主动系上安全带。

“谁让你坐这儿了？”

“？”无数问号在我脑海中排队出现，我不坐这儿坐哪里？这辆车是情侣车好不好，看来看去都只有两个位置，他总不可能让我坐车后厢吧？

“坐那里！”景柏风轻云淡地指了指右边的驾驶座。

“你好意思的啊？一个大男人竟然让一个柔弱的小女生开车？”

“第一，你觉得自己是柔弱的小女生吗？”

各种谩骂夹在牙齿间的感觉真难受！我哪里不柔弱？究竟是哪里?！

“第二，如果你真让我开车也可以，不过，到时候你会后悔的。”落下一句话，景柏的身子就开始一点点凑向驾驶座，我连忙摆手：“停！停！停！总统大人请坐这儿，还是让小的来为您开车吧！”

完美的弧度落上他的唇角，嘴角的笑意好像在说：“真乖。”然后迅速坐上自己刚从位置上挪开的副驾驶座。我只能乖乖坐上驾驶座。

顺时针转动车钥匙，一踩油门，跑车如箭般飞了出去——

“大人，请问我们这是要去哪里呢？”我控制着方向盘，并且利用余光瞄了瞄身旁的景柏。

“北飒美术馆。”

北飒美术馆？这个名字不会是——

“嗯，没错，就是北飒母亲经营的一家国家级展览馆。”景柏好似接收到我脑海中的疑问，用极其清冷的口吻对我的疑惑进行解答。

“那我们没事去那里干什么？别以为你是总统就可以随便拉着我逃课，要是校方查起来……”

“放心吧，在你的学生档案中绝对不会有任何污点。就算有……只要有我在，绝对不会让你因为这个问题而吃处分，”就似天空的星光跌落进他的双眸，灿金色的瞳孔美得让人窒息，“而我们去那里，当然是为了查案。”

落下一句话，他的视线从我身上掠过，双眼中好似隐匿了许多秘密，若有所思地望着窗外的风景。

{09}

原本就在好奇，这么重要的日子莲初怎么就没有跟出来。

后来经过“高人”解答，我才知晓莲初因为那日的“人猿泰山一日情”，目前还躺在家里养伤。柔弱的少年啊——

从回忆中缓过神来，我望了望北飒美术馆内那些有钱太太小姐们一人一本介绍册结伴漫步的高雅行径，不知道为什么，眉心隐隐作痛。

景柏不知从哪里掏出一副黑色墨镜扣在额前，在遮住眼睛的同时也恰到好处地露出他高挺的鼻子以及性感的唇瓣。不得不说，这家伙就算是戴上这么大的墨镜，依旧显得是那么好看。霸道又不失高贵，不过——

“拜托，这里是美术馆唉，就算你身份特殊，你没事戴墨镜看展览，鬼都知道你不是一般人。”

“你的意思是，我应该摘掉吗？”忽然暴露在空气中的漂亮双瞳魅惑地似要把我深深吸入他的世界内。

“算了，你还是戴着吧。”代表贵族身份的灿金色双瞳，被这么一位上帝的宠儿拥有，本来就已经完美到不似凡人，而他竟然又是北之国的至高象征——北之国总统，老天爷果然更加爱戴美少年。

没过多久，一位妆容华贵的女人从楼梯口走了出来，她踩着黑色高跟鞋笔直地朝着我们走来，眼神中流露着一丝敬畏和一丝伤怀。

“您好，北夫人。”景柏礼貌地朝她伸出右手。

“总统您好！”

北夫人的眼角还有未干的泪痕。

虽然丈夫在一个礼拜前突然死亡，但因为身份特殊，因此连公开出葬的权利也没有，只能时常避开人群隔着厚重的冰冻箱，对依旧放在停尸房等待多次验尸的北帝前任校长吐露内心的恐慌以及想念。

作为一位社会地位比较高的女人，其实在很多情况下，她活得比平凡的女子更累。所谓高处不胜寒，她所要经历的磨炼往往比一般人要多很多。

突然开始同情这么一位拥有自己事业的女强人。失去丈夫的后盾，以后跟自己的孩子一起生活的日子应该不会很轻松吧。

“我这次来只是想咨询一些事，在北鸣遇害之前，他在生活方面有没有什么性格之类的转变?”景柏晶亮的眼睛打在北夫人脸上。

“嗯……”她断断续续地开始回忆，眉间也随着话语越发锁紧：“在他去世之前有一段时间，他常常会兴致高涨地送给我和北飒很多礼物，然而第二天又突然变得很沉闷，整天待在卧室里，不管我怎么叫，他都不开门……我以为是因为工作太累，所以他性格才突然变得如此喜怒无常，但他走进学校，仍和校方领导进行正常交涉，并没有任何人发现他有什么异样——”

景柏修长的手指抵着下巴若有所思地点了点头。

短短 10 分钟的谈话，北夫人告诉我们很多事，同时每一句话中也浸满了她对他死亡的沉痛哀号。

可能是因为社会地位高的人在处理一些事情上都喜欢速战速决，很快这次问话就在北夫人最后的哭声中落下帷幕。

景柏安慰道：“逝者已去，你不必过于伤怀。珍惜现在的生活才是你

该做的。”

在北夫人道别去卫生间补妆的同时，我以为景柏要带我离开了，没想到他只是拉起我的手开始在美术馆内转悠。

毫无艺术辨别能力的我只能在他的禁锢下，强迫自己的视线接触这些让人纠结到脑细胞缠绕成毛线的名家画幅。

从每个角度都看不出什么特点的抽象画，到鲜艳到可以滴出血来的玫瑰花主题画卷，底下标注的日子竟然是 100 年前——不得不说，画家们无论年代无论创作环境，一旦找到了自己梦想的方向，只要付诸行动，终将闪耀。

顺着景柏停住的方向，我的视线落在一幅题为《星辰》的画上，漂亮的繁星在银河中散发着属于自己的光彩。蔚蓝色的背景下，各种大小的星辰占据每一个视觉最佳点，被一一呈现在这幅画卷上。

虽然背景色调很凝重，但在这过分的凝重下，又能隐约感觉到一丝丝有关宇宙的神秘感。这便是艺术的力量吧！

“这幅画怎么了？你都看了这么长时间了？”回过神来我不由向身旁的景柏提问。的确，从起初走马观花般观赏画展的速度以及现在站在《星辰》之前大概过了 3 分钟的“超长”时间，我不由怀疑景柏是不是在开小差，或者这幅画真的有什么问题。

“你觉不觉得这里出现了一颗不该出现的星星？”

“啊？”不该出现的星星？这是什么定义？！画卷里还规定不能随便出现某颗星星吗？是我低估了画家们的创作思维还是高估了景柏的 IQ 等级？为什么会突然问我这么令人费解的问题呢？

“你看，这幅画的创作时间是在两百年前，但那个时候‘天机星’还未被发现，从画家极其科学的取星位置可以看出，他所画的并非只根据脑海中的幻想而创作的星辰，而是根据银河系某块区域中的落星位置而画出的，显然在那个年代，‘暮晨星’边上是不该出现这颗形状略微相似的‘天机星’——‘天机星’是在这幅画创作出的后 50 年才被天文学家发现

……”我双脚无力，原本就已经把他定义为考试之神！现在他令人泪流满面的天文水平完全刺激到本小姐，明明只是来欣赏画作的，之后竟然能够在极短时间内发现画中的“瑕疵”，不得不说，他已经成功威胁到神的地位了。

“所以，你想说明什么？”我双手叉腰，直视着他。

“所以，我想说明的就是——这是一幅赝品。”

“就这样？”

“这样还不够吗？北夫人对于艺术的执著一直深受业内人士的敬仰，这么一个热爱名画的美术馆长又怎么能在自己的美术馆中摆上一幅赝品？”

“那你想怎么样？”

“还能怎样，当然是带你回校咯，逃了一上午课，你还嫌不够啊！”

真受不了这家伙，思路跳转得这么快！话总是喜欢讲到一半，他以为自己是电视里在茶楼讲故事的大师啊？

“你确定是你‘带’我回校，而不是我‘带’你回校？”他可别忘了，刚才开车载他到这里的可是本司机！竟然还好意思大言不惭地说要带我回校，脑门被马桶盖挤了是吧？

“如果你能证明那辆车是你的，那么理所当然，就是你‘带’我回校！”这个外表腹黑内心更加腹黑的男人，上辈子一定是世界级律师，不然斗嘴无敌的本小姐又怎么会一次又一次地败在他的手下！

{10}

“谢谢你送我回校啊！”我从驾驶座上下来，表面上春风满面，实则内心暗潮汹涌，估计我此刻的表情一定很别扭。

明明是我开的车，竟然还要这么谄媚地向他道谢，我这不是犯贱找抽吗?!

“喂，还没到教室呢，你怎么下车了？”景柏从副驾驶内出来，修长的双腿落在地上，做工精致的裤管在清风中悠扬地拂动着。

他站得笔挺，魅惑的俊脸上染上玩味的笑意。

“你打算让我飞檐走壁把车开到教室门口吗?”我指了指十层楼高的教学楼。

“我的意思是说，你的教室不在那里。”恬淡的声音企图纠正我的话语。

“你以为我失忆了啊，高三A班的教室明明就在那里！”我加重语气，伸出右手指了指教学一号楼中教室的方向。

“还记不记得，我们上次成功拿到‘宝藏’，校方奖了数码产品后还奖励了什么?”高而翘的睫毛覆盖在我额间，他忽然凑过身子靠近我，温热的气息扑散在我脸上，痒痒的，但却令人异常舒心。

回忆的齿轮开始缓缓旋转。

校方称，成功找到终极宝藏的小组，每一位成员都会被加上10学分，拥有跳级一学年的机会，同时，还将在藏宝盒内收到学院赠与的神秘奖品一份。

而那份神秘奖品，应该就是现场我们在黑色藏宝盒内直接发现的特殊手机。

至于那个10学分——

“没错，你现在已成功跳级一学年，恭喜你成为北帝大学部的一员。”星星点点的光芒弥漫在他身上，华美得令整个世界都随之失色。

“上车！”

“去哪里?”

“大学部校长秘书室。”

景柏刚才还批评我逃课在外时间过长不是一个好学生该做的事情，现在竟然连教室都不让我进，直接把我带去大学部找宫池，他这么折腾我究竟为的是哪般啊?!

“宫池，男，29岁。上次我派SPI（特殊搜查队）去搜查他的身份，按理说应该能够很快获取他的个人资料，可是经过无数道再查记录，才发

现他在成为校长秘书前还有另一重身份，一重被他隐藏得极好的身份——8年前，他是北之国著名的心理咨询师。这重身份没理由让他处心积虑地销毁资料隐瞒，可是却着实让SPI费尽心思绕了很多弯才找出一个所以然来，所以我认为，他和校长的死之间的联系绝非只是一点点。”

“喂，国家给你的工资是多少?”国家总统、宇宙鉴定家、名侦探……这么多重职业能力被他掌握在手上，他拿到的工资应该很多吧?

“干吗? 你缺钱花了?”

嘤嘤嘤嘤……究竟是什么脑袋组成的华丽生物才能在拥有这么多重身份的同时对我的问题给予如此令人欲哭无泪的答复。

我缺不缺钱花，关他什么事?

“如果我缺钱花，你会给我零花钱吗?”不知为何，我很好奇这个答案，要是他点头的话，以后我就天天找他要钱花！冷不防被我无限邪恶的思想吓到了。自己银行卡里的钱足够我拥有任何我想要的东西，我为什么还要觊觎别人银行卡里的钱呢? 果然，女人的欲望是无限的。

“如果你问我要的话，我可以考虑。”冰冷的语气里听不出任何波澜。

我后悔刚刚没有开手机自动录音，这么跨时代的一句话应该被录在手机里，以后天天放出来让他履行诺言。

——

“景柏，零花钱……”

“密码是××××，你想取多少就取多少吧?”

脑海中浮现出各种美好的场景，我兴奋得不由笑出声来。

每天问北之国总统拿零用钱，我苏纪音真是为祖上添光了！

{11}

温文尔雅的宫池坐在会议桌边，简单的金色眼镜框依旧端正地架在他的鼻梁上。

我和景柏坐在他跟前，不愧为一国总统，一坐在椅子上整个人气场都

变得不一样了，只一眼，不管是谁，注意力肯定会第一时间落在他身上。

而坐在他身边的自己，往往都会被别人当成空气直接忽略掉。

“你觉得校长是怎样一个人?”景柏发问。

“对待工作认真执著，对待家人疼爱关切。一个学院的好领导，一个家庭的好男人。”宫池淡淡地微笑着，仿若校长此刻并未离世，只是一时离开，很快就会再次出现在我们面前。

一盏茶的工夫，景柏只问了宫池10个问题，而更多的时间他更喜欢把话题转到宫池对心理研究的兴趣理解。

宫池全场都是以一种既不热爱又不排斥的态度对景柏的问题一一答复，每一句答复都可以说是天衣无缝。而也正是这种天衣无缝让我和景柏不禁怀疑，在他的内心世界内，究竟藏着怎样一个自己。

调查资料中显示，年轻时的他对于心理研究可是异常的执著。大学时期就整日泡在图书馆内研究心理类图书，一毕业就被推荐到国家级心理研究室实习。在仅仅三年的时光内，他对心理研究的造诣就堪比心理学大师。

明明是这样一位对心理学喜爱到狂热的男人，在现在回答自己是否喜欢大学专业的问题上，他只是边摇头边淡淡地道：“不是特别喜欢。”

从宫池办公室出来的时候，景柏压低声音沉沉地对我说：“如果我没猜错的话，他就是凶手。”

后5个字，却令我长时间难以消化。

虽然宫池在对自己应该热爱的专业上，采取不怎么喜欢的态度，可是这跟他可能杀校长的犯罪动机可谓毫无联系啊。

“你知道催眠术吗？除非意志能够不似常人那般坚定，否则只要催眠师掌握一定技巧，那么总有一刻，被催眠者会全身心被催眠师掌控。而这类催眠师很大程度上都是在心理学方面造诣很高的心理学大师。你刚才有没有看到宫池胸口的圆型项链，这是催眠术最常使用的道具。”

我跟随着景柏的脚步慢慢走进电梯。

“上午北夫人不是也说了吗，北鸣在某段时间内意志有些不清楚，情绪也很难控制，这很有可能就是宫池做的手脚，他是北鸣在学校内接触的最多的人，他的第一份职业是某工作室的心理咨询师，既然能成为心理咨询师，那他又为什么不能成为心理犯罪师？每年北之国的犯罪统计上，不少程度的犯罪比例都是心理犯罪。不管是因为自身有心理疾病还是因为外界影响才导致的——”

漫步在道路上，景柏跟我讲述了很多我不曾知晓的东西，同时也跟我描述了宫池曾经所经历的一系列事情。

宫池原本有一个不富贵但还算富足的美满家庭。

一家和睦的他们，原本可以一直这么幸福地走下去，然而一场政治变革，令宫池的父亲被冠上了“贪污者”的不实罪名，为了让家庭继续传承下去，身为政府低层助理一员的宫池父亲只能选择帮上头顶上这个罪名，用自己的无期徒刑换来上头等价交换的可供宫池以及自己妻子一直生存下去的财富。

一场不该有的变故，令一个家庭支离破碎。就如同电视里 10 点档电视剧一般，宫池的母亲整日以泪洗面，在丈夫入狱的三个月内，香消玉殒。宫池披麻戴孝，虽然失去了母亲，其实他深知，就连父亲他也永远失去了。

人生的变幻再加以岁月的洗礼，在倾身研究心理学的同时，他也渐渐沉沦，原本为了造诣病人的医术，一点点幻化成对贪污者的仇视。

作为一位心理师，他花了很长一段时间才稍稍治愈了自己内心的黑暗想法。

在一次机缘下，同时也为了改变环境，他来到了北帝学院成为北鸣的秘书。重新开始接触这个世界，原本应该平淡无奇地工作到生命的最终点，然而大概是在一次意外中，他发现校长贪污之实，于是内心早已平复的复仇因子再一次爆发。开始蓄谋惩罚这位肮脏的贪污高官，并在一定程度上希望校方乃至整个国家都能够注意到这件事，从而加大对贪污事件的

处罚力度，让北之国更清廉。

他在一定时间内对校长进行“自我谴责”的催眠，以致校长整个人进入半封闭世界，偶尔正常偶尔闭塞。

直至我来北帝的那一日，宫池让北鸣开枪自我了结。

——这是景柏对整件事的推测，目前指明宫池是凶手的证据并不充足，然而各种大尺度的推断往往都是促进案件进展的导火线。

如果这便是事情的全部，一切原理也都解释得通，那日校长死亡时，嘴角露出的就是似对死亡向往一般的笑容。

大概就是长时间心理暗示的结果吧。一个人身边要是安插着这么一位心理犯罪师，着实是世界上最恐怖的事情。

{12}

事情的发展使得处于风暴中心的我们愈发始料未及，没有人可以猜破案件的走向究竟在何方。在思路即将理清之时，新的调查结果又随之而来。

就在第二日，警方在北鸣车内发现刹车已被人动过手脚，而从所检验出的指纹上可以证明那个动过汽车刹车的人并非别人，而是北鸣本人。

明明被怀疑为他杀的北鸣，为什么要多此一举地将自己车子的发动装置弄至半破损状态?

这种状态被证实可以安全开 30 分钟，也就是从北帝学院开到北鸣家中的距离，如果北鸣是自杀，那在他死亡之前，留了这么一段路程给自己又是为了什么?

那天是北飒的生日。或许那段安全路程是他打算送给自己离世前最后的礼物——回家去见儿子以及夫人。可是他的自杀动机又是为了什么？他又为什么在未见到家人前就开枪自杀？也就是说宫池并非凶手咯？景柏在之前所做的猜想就仅仅是猜想吗?

事情一点点复杂起来。

这两天我腕上的微型手机闪光的频率很高，动不动就会收到景柏的电话。而每次他在电话中交代的话语都很简洁，好像很舍不得电话费似的，拜托他是总统欸！用不着这么省啊！不过很奇怪的是，这家伙好似不会拿手机发短信，自从我们之间拥着这么一个联络工具维系，自己从来都没收到过他发的任何短信。

当然我也试图主动发无比非主流的短信给他，一句话里夹着很多萌动的符号。

但每次，在我短信刚发出的 3 分钟内，他总会一个电话打过来，然后撂下一句：“你很无聊！”之后火速挂线！在这方面，就不得不说他很大方，明明一条短信可以解决的事情，他却喜欢直接打电话。

在我进入大学部之前，景柏主动代替我去教务处交接了一下，还未经过我同意就让我加入他所在的系部，更恶劣的是还跟他同班，虽然在班级里看到他的频率低之又低，然而时不时地通电话却让我确信，一国总统其实是很忙的，能够抽空打电话给我已经是很难得的事了，虽然电话里交谈的都是有关“校长死亡”案件的猜测。

周围少了一个闪光物的感觉有时想想又有些空虚，而那个偶尔会感觉到空虚的自己一定是欠抽了！鬼知道他每次站在自己面前，我会有多大的压力！

不幸的是，我身旁依旧坐着那个看耽美小说比听教授讲伦理知识还要入迷的乔星璃。

大学部里的都是阶梯教室，一个教室差不多可以容纳下 300 个人。对于一些在北帝大学部人气极高的课程，上座率是很高的。

就比如说现在这节伦理课。排山倒海的人，以前在微积分教室内看到的学生连这里的 1/5 都不到。每个礼拜的这个时候，这间教室的座位就极难抢到。而这次我能够坐在这里，很大程度上要感谢我左手边的——莲初。

没错，就是莲初。

该死，明明我们队的每个成员都加了学分拥有跳级一年的福利，可是他跟景柏好像不怎么在意“浪费青春”这四个字，硬是厚脸皮继续他们的大一生活。也就是说，我和他以及景柏，现在同为大一学生。

人生的发展永远都是那么令人猜不透！

自从遇到这几个家伙后，我原本就不平凡的生活被一次又一次彻彻底底地颠覆着。

热情仲夏，这四个字在莲初坐在我身边后一点点以每天被无数道火热的视线交织而真切地在我生活中上演。

明明专业不一样，但是我们上同一堂选修课，被安排在同一间教室上课的频率真的高得让人难以置信。幸好在这轻松却又略显焦躁的大学日子里还有最无敌的乔星璃与我一同奋进，尽管她萦绕在我耳畔的话题永远都与男女恋有关。

大学部新校长在两天前就正式上任，除了我们几个曾经走入案发现场的学生，基本上就找不出多少个知晓这件事的人了，他们的猜疑便是前任校长被派往其他地方继续胜任职务，而每一位学生此时该做的，就是好好享受大学生活，趁现在努力为自己的未来创造一条辉煌的道路。

繁忙中时不时总透露着一丝清闲。

而对于校长死亡案件的调查依旧在继续着。总觉得头绪越理越乱，总也找不到一个明确的方向。

直到有一天，北夫人一个电话打给警视厅，这才将这个案件的进展推向了一个清晰明了的局面。

她恳求警察，希望可以因为自己的主动报案而减缓一些罪行。

忍耐了近3个礼拜，她快撑不下去了，内心暗涌的罪恶感令自己每次见到北飒，胸口都有细胞破碎的声音。她真的很爱自己的儿子——北飒。

而正因为他，原本简单的犯案行动，在一系列因爱而生成的罪恶中，一家三口一点点崩塌，什么都没有了，只希望这仅存的爱可以继续撑起北飒，让他越走越远。

事件的起因，源于北飒在三个月前相继甩掉的两位女朋友，正如龙凤相配定律，能够成为北飒女友身份的女生可不是普通人，其中一位女友的身份便是北之国某商业大亨的宝贝独生女，而另一位也身份非常，在她的身后有无数屏障保护着她成长。

男女恋爱，家长一般都不会干涉太多，尤其在对方家庭可以说是门当户对的情况下。

但是，恋爱未果。相继被甩的两位女生从小便养尊处优，对于北飒的这份爱在她们的世界里被看得尤其重要，尽管之前恋爱的破灭着实让她们难以接受。爱得愈多也为将来的恨埋下了几重果实，浸满仇恨的果实一点点抽枝发芽，在时光的鞭策下肆意生长。很快两位女生计划联合起来报复北飒，既然得不到他，那么她们绝不允许有其他女生可以得到他！

她们想了一系列恶劣的手段来算计北飒，然而大概是偶然，或者上天注定，北飒撞见了她们计划敲定的现场，对于忽然闯入她们世界的北飒，两位女生显得有些不知所措。怎么办，如此不堪的自己被他发现了，真的发现了。

对于小女生的恶作剧心理北飒也不怎么在意，只是风轻云淡地说了声：“我不想追究什么，不过，你们也别想试图再次走入我的世界。”

而正是这么一句话，摧毁了两条青春期少女的生命，同时也连带北飒自己家庭的兴衰。

对于自己的宝贝千金因爱自杀而悲痛万分的两大世家联合起来逼问北飒母亲，虽然并非所有责任都应归于北飒，然而导火线是他，注定逃不过追究。

北夫人为了尽量拦下此事的曝光威胁，在面临商业打压的同时也不停地从信用卡里划出巨额金钱处理这件事。对于给女方家庭的赔偿，原本无须北夫人出手，可是内心莫名的愧疚也令她拿出了不菲的赔偿金。然而女方家庭不愿罢休，金钱他们不在乎，他们想要报复。但对于再出一条人命，他们也觉得着实有些过分，于是就联合起来对北鸣旗下的一系列商场

美术馆进行商业打击。

蓄谋已久的企业攻击，令北夫人难以招架，但她不想把这件事告诉丈夫或者孩子，对于前者她觉得北鸣处理的事情已经很多了，如果告诉他这件事，北飒一定又将经历一场无畏的责难。而后者，她只希望他能够清清白白地继续活下去，不想让这件事干扰他的人生。

为此，一个女人，只能隐忍着竭尽所能地处理着这件事。

可想而知，很快便资金耗竭，为了不让那些曾经同丈夫一同打拼下来的商场美术馆付诸东流，在一次设计引诱下，她无奈地选择走入一条贪污之路，一条冗长的毫无终点的路途——早已被对方设计好的最终的惩罚。

以为一切都会终结，大不了自己走进监狱，但总能够挽回家业最后的兴荣。

然而一直在家中没多说一句话的丈夫其实早已察觉，同样不希望自己夫人操心，既然一切都难以挽回，他只能下最后的赌注。

赌注不是其他东西，而是自己的一条命。

正如自己第一次来到北帝所经历的一切，北鸣那日设计让前来学院查收贪污名单的景柏遇到绑架事件，并让他以为真正的名单实则已经被销毁。为的就是保护自己夫人的名誉。而他深知，自己这一博九死一生，或者说他压根儿就没想过要生。就算夫人被写入的名单没有落到总统手里，家庭企业的资金也已周转不灵。

于是在总统被绑架的那天，他亲自处理了自己的车子，打算最后见一次北飒，以及夫人，然后以工作之名从家里将车发动，以车祸名义死在路途中，从而获得保险公司不菲的一笔保险费。

只是，事情的发展往往令人措手不及。

原本设计好的自杀计划在宫池的介入下，转换成了他杀性质。

宫池这辈子最憎恨的就是贪污者，本以为自己所敬重的校长是一位清廉的高官，然而在一次偶然发现北鸣打算偷偷处理掉那份贪污名单后，他惊觉自己已经无法看破这个世界，积蓄了许多年的仇恨一次性爆发。日日

蓄谋，企图以深度催眠，让北鸣在景柏来校当日开枪自杀。

听到事情的一切真相后，或许只有北飒自己才知晓，自己曾经究竟犯了多大的错！

从小就在父母严厉的管教下成长，拥有的一切都是最好的。他从不缺乏任何东西，唯独一样东西他所没有——爱。

父母工作很忙，每天处理学校以及商场的事，令他们没有时间静下心来听听自己的孩子想对他们说的话。一生不停地奔波，为的只是希望自己的孩子有一个好的未来。可惜事与愿违，爱很柔弱，然而如果对方不知晓，这柔软的爱将会化作利剑，深深刺破自己所爱之人的心。

北飒只是天真地以为，在他们的眼里只有工作，没有自己。

而自己这辈子所缺乏的爱，只能在与异性交往中一点点获取——那种虚假的、不切实际的爱恋。

每次换女朋友，他都会冷不防心脏抽动。自己究竟在干什么，把爱情当儿戏？一次又一次地玩弄女生的感情，却乐此不疲地……以为这么做可以填满自己空缺的心。

可是一次又一次的恋爱，让他的心变得越发冰冷。

而作为交往对象的女生，或许也隐约察觉到自己正在被北飒玩弄，因此才会出现两位极端的女生联合起来对付他。可是内心对他难以割舍的爱情，以及被北飒发现自己丑陋的一面后，弱小的心理承受能力让她们走向自我毁灭的道路。

更从而引发一系列令人扼腕叹息的北鸣死亡之谜。

一切尘埃落定。

但是这个世界上究竟又有多少人知晓——

其实，爱一直都停留在我们每个人的心里，如果你没有勇气说，那就用对方可以感受到的方式去对待他，让他渐渐发现。否则，到头来倾尽所有，却只弄得彼此遍体鳞伤。

时过境迁，一切都在改变，而唯有一样东西一直停留在那里，等着你

去发现。

那便是父母的爱——一段一辈子也无法割舍的爱。

天下没有不爱自己孩子的父母，他们活了一辈子，操劳了一辈子。为的只是子女未来的繁荣昌盛。

不要跌跌撞撞开启一扇又一扇门却总也找不到他们对你的关爱。

心，悄悄封印的心，是否会有一个缺口，而那个缺口就是你所谓的固执。

不要等到失去了，才黯然回首。

无须对生活充满消极心理，失去了并不代表一辈子，它只会指引你更加珍惜现在的生活！

……

真正的犯罪名单在北飒美术馆内唯一一幅赝品中被找了出来，那幅被命名为《星辰》的画幅。这或许是北鸣在自杀前偷偷藏匿的，因知晓自己的夫人对于艺术的执著，他明白她一定不希望如此肮脏的罪恶会被藏匿在神圣的艺术珍品中。如果没有当初景柏的察觉，或许一辈子，我们都难以发现那张薄到足以摧毁无数家庭的贪污名单就藏在那个令人唾手可得的地方。

北夫人被送到无期徒刑的押送车上。她拥有一次假释机会，就看她目前唯一的亲人——北飒，是否有那个能力。

家族所有动产、不动产都被冻结，在这个毫无经济外援的情况下，北飒又该如何重新撑起这个家，找回原本自己一直都未发现的爱。

一切的一切都因他而起，而母亲最后留给他的微笑，把他从万丈深渊中解救出来。没错，一切都有转机，当一个人的世界拥有了爱，面前所有磨难均只是过眼云烟，爱的力量足以挽救整个世界。

北飒与我们一样拥有跳级一学年的权利，于是他果断选择念北帝学院大学部的法律系，当一个人所有的仇恨一点点沉淀，幻化成对未来目标的动力，他的未来注定将变得不一样。

温文尔雅的宫池也被带入警视厅进行最后的审判。

案件就在这最悲凉却又最令人欣慰的状况下落下帷幕。

时间的齿轮依旧缓缓前进，永不停歇。

每个人未来的轨迹都是被安排好的吗？或者人定胜天？谁知道呢！

既然无法提前预见自己的未来，那么我们所能做的就是——好好珍惜现在，珍惜身边所有的人。

前世五百次的回眸才换来今生一次的擦肩而过……

Chapter 03

独家圈养 VS 一级改革

{01}

【S•V】商场位于北之国首都最繁华的地段，隶属全球第一奢侈品集团下的服饰业子公司。

蔚蓝色的水晶吊灯悬挂在商场正中央，温和的光线照耀在形形色色柜台边的服装上。设计无限典雅的晚礼服上似乎都缀满了被命名为“高贵”的气场。每个柜台上都展示着全球独一无二的漂亮服装——在中央空调下静静地等待慧眼前来挑选的奢侈品们，华美得令人炫目。

“哇——”

伴随着一阵惊叹声，我留恋在腰环紫色流苏边的礼服新品前，视线恋恋不舍地绕了一个弯，然后冷冷地落在刚从换衣间招摇着出来的莲初身上。

以白色为主色调，剪裁修身的西装衬着他修长的身体，深蓝色的领带笔挺地垂在胸前，映着琥珀色的双瞳越发神采飞扬。

名装大厅内，服务小姐们都停下了自己手上的工作，拉了拉她们只到膝盖的裙子，纷纷转过身子深情凝视着我身前的莲初。

的确，原本就帅气得没天理的莲初，一旦穿上了这么正儿八经的西装，整个人气质都不一样了，如果不是他之后这么臭屁地对我说出这句话，我一定会被他的外表欺骗，以为这种浑然天成的绅士感觉以及高贵才是他的本态。

“小音音，这件、那件、还有那件……”他纤长的手指在服务小姐们手上所拎的各款西装上晃了一圈，“哪一件更配得上天下独一无二风度翩

翩潇洒美型的本少爷我?”

好不容易迎来了一个节假日，想宅在公寓里上个网看看电影什么的，可是莲初少爷竟然一个电话打过来，美其名曰说要带我去见识一下名流世界，并且希望代替国家向我致谢，原因是上次在解开校长死亡案的功绩中也有我一份……各种理由被他说得天花乱坠，好像如果我不陪他过来，就是跟国家过不去，一旦跟国家过不去，国家也会极力不会让我过得去，那我又为何要让自己过不去呢?

绕来绕去，绕得我头都晕了。但我隐约猜到，这次他带我到这儿来其实是在为两个礼拜后的四国首脑晚宴做准备。不过这种关乎国家级利益的事明明跟我八竿子都打不到，没事扯我进来干吗?!

更该死的是！这贱人压根儿就是为了给他自己挑衣服，才把我搬出来当他的人工点评镜子。每次我的嘴角一歪，他都会面色轻松地冲我笑一笑：“果然，本少爷天生就是为了让你嫉妒而存在的!”

我这是在嫉妒？好吧，我承认，我真的有那么一点点嫉妒，嫉妒他漂亮得让身为女生的自己都要自卑死的容貌，以及无法无天的自恋倾向!

折腾了近30分钟，他换装的频率就取决于我给他翻白眼的频率上。

“刚才的那些，我都不要!”莲初风轻云淡的一句话，惹得我真想飙泪自杀！女人逛街都没他挑剔好不好！幸亏身旁这些服务生各个都巴不得看他多换几件衣服，眼眸中不停泛着光芒，冲他露出璀璨的笑颜。

这种待遇不是每个人都有的，要是换成别人，鬼知道会不会被他们的大堂经理以扰乱秩序之名赶出去。

“哥哥，拜托你好歹意思意思随便挑一件啊，本小姐还想早点回家去看狗血肥皂剧呢!”我从沙发中站起身子，如果我此刻手上有一根皮带的话，我一定会毫不犹豫地抽到他未来看到衣服就想吐为止!

“拿着，进去换吧!”莲初手上不知什么时候多了一大堆漂亮的女式晚礼服，从晶莹的珍珠白到热情的玫瑰红，再到高雅的星空黑……各种颜色款式的服装被压在了我身上。

“挑一件你喜欢的，本少爷再选一件跟你最配的西装，到时候跟你一起参加晚宴。”

不明所以地被他推入更衣间，想打开门离开这个幽闭空间，可是门外却被人死死堵住。于是我便只能无条件投降，无力地解开自己身上的扣子……

要死，这件礼服怎么可以这么小！设计师一点都不人道！莲初究竟安的什么心！

10 分钟后。

更衣室外传来敲门声：“小音音，是不是你胖了所以穿不进礼服在里面暗自神伤啊？不要伤心，少爷我到时候可以帮你找设计师加工改款啊……”

我一脸黑线地推开门，在他眼前晃了一晃：“给姐看仔细了，姐这么标致的身材会穿不进这件衣服！”还没说完，身后的扣子不负重望地弹开了，我飞快捂住脸冲回更衣室内！

然后开始手忙脚乱地解扣子换回原先的服装，深吸一口气，我再次推开门。

一出去就看到莲初笑得跟只贱狐狸一般。

男人怎么可以这么贱！

忽然一阵优美的铃声打破了原本正打算开战的阴郁气氛。

我轻轻地在腕间的高科技手机侧面滑动，环状的听筒从侧面旋转而出。

“喂，你在哪里?”

“你是谁啊?”

“景柏。”听筒内传来极其清冷的答复。

糟糕，我怎么可以一不小心忘了他的声音呢！一定是因为莲初这个臭小子每天都在我耳边“嗡嗡”唠叨害得我现在听觉系统能力全方位下降，连这么强气场的总统大人的声线都不记得了……

“嘿嘿嘿嘿，原来是总统大人啊，”我开始不停地傻笑装无辜，“那个，监狱还有空位吗？可以给我下个特殊委派令抓一个有辱北之国国民声誉的人进去吗？”

要是有可能，我真想把莲初送进监狱！

“如果你愿意，那里随时欢迎你入住！喂，你还没回答我，你在哪里？”

“我在哪里啊……”我开始重复他的话，这个地方叫什么来着——

“小音音她在我身边，就是××广场的商场，猜猜我们在干吗?！我才不会告诉你我们在定结婚礼服呢！”莲初突然把脑袋凑过来，隔着我的手机，摆出自以为性感十足的pose，高而翘的睫毛扑扇着。

结婚礼服个毛线啊！

听筒内的声线似乎又低了几分，“莲初在你旁边？”

嗯嗯，我自顾自地点了点头，不知道听筒那边的他会不会感受到。

“别跟他去其他地方，等我10分钟！”撂下一句话，手机内传来了忙音，我喂了好几声都没人应。

本小姐身旁的男人怎么都是这德行！就不能和蔼可亲、温柔可人、春风如玉一般地存在吗?！看了眼莲初满脸诡计得逞的奸诈样，我不禁打了个哆嗦。

{02}

景柏精致得令人窒息的脸庞闯入气流出现在我眼中。

他的呼吸有些急促，然而微红的脸庞却映得他越发高贵神秘。

“景柏，你怎么来了?”莲初抢站在我们之间，一脸诡计得逞般冲着景柏忽闪着琥珀色的大眼睛。

“还不是不放心你——怕你被她怎么了呗！”景柏若有似无地朝我望了望。

“喂，你把话给我说清楚，什么叫‘怕你被她怎么了呗’?你说！这么柔弱的我，怎么可能把莲初给什么什么了?”逆着车流，我扯开嗓子对他嚷嚷。

“原来景柏你这么关心人家呀!”莲初冷不防又摆出极其暧昧的声线，朝着景柏轻轻吹了口气。

我在考虑要不要把乔星璃叫出来，让她来为我现场分析一下面前这两个男人“剪不断理还乱”的复杂关系。

指尖刚刚划开腕间的手机，景柏便扯过我的手，把我从莲初的身后拉到他身旁，他附在我耳畔道：“今天陪我吧。”声音很轻，但是简简单单的五个字却重重地敲击了我的心脏，为什么我会有种不知所措的感觉呢?

没有等待我回应，他就自顾自地拽紧我的手，拉着我往他的顶级跑车走去。

“你们就打算这么把人家丢下?”莲初浸满哭腔的呼喊声在商业街上不断回响。

“我这是在保护你的人身安全。”丢下一句话，顺便丢下一个活人，我跟着景柏越走越远。

他掏出汽车钥匙按下开关，车门的锁同时打开。

景柏俯身打开车门，用眼神示意我让我快些进去，仿佛身边每一个角落都有不良人员在对他进行着暗地监视。

开什么玩笑！我一脚踹到车门上，原本开启到一半的车门应声合上。

景柏皱眉，双手架在胸前一脸“你想怎样”的嚣张样!

“我刚才在莲初的车上坐得快要吐了，相信你跟他的开车技术应该不相上下，”虽然还不清楚这次是不是又让我开，但是，“换个交通工具成不?”上天保证，连膜拜上帝我都没这么真诚过，我双手扣在胸前，一脸憧憬。

“随你喜欢。”车门的锁被自动关上。

“真乖!”从口袋里摸出一颗已经融化的巧克力，轻巧地拨开糖纸，我飞快塞入他嘴中。

“呐，奖你的！我珍藏了一个礼拜都舍不得吃哦！”其实是我吃腻了，一盒巧克力竟然有100多颗，我一刻不停地吃了两天还没吃完，刚才还在莲初车内吃了一颗，再加上他惊悚的开车技巧，整颗巧克力都被卡在喉咙里，极其难受，想想就是那么“回味无穷”。

“唔唔。”他发出含混不清的声响。

“不客气啦，别太感激我嘛！”我拍了拍他的背，然后挺起胸膛向我想尝试的三号地铁站走去。

转身之际，我隐约看到了在景柏眼角流露出的一丝流光，忽然之间，在接触到我的视线时，消失得无影无踪。

“喂，别傻站在那儿了！”他难道就不怕身旁川流不息的人流中有人发现他？又不是普通到足以掩埋在人群中的大众脸。不管从他的外貌还是他的身世，绝对是独一无二世间难有的！

国际巨星也没他嚣张吧！

{03}

墨镜似乎已经成为景柏的随身必带之物，不管在什么情况下，他都能从身上变出一个大到足以遮住半张脸庞的名牌墨镜。

伸手帮他扶了扶高挺鼻梁上有些歪的墨镜，顺便挡住了他看见“地铁站”标志后的震惊表情。

北之国的交通线路是整个世界领先的。不管是从速度而言还是舒适度而言。

只是相对的，知道这个道理而抛弃地面交通前来享受飞速地铁的国民，光自己面前的这个车站就大到可以开一场演唱会。

“你确定，你真的想坐地铁？”景柏白皙的左手在我眼前晃了晃，把我从自己的失神中唤了回来。

“都走到这里了！你看看后面这么多人，还能够挤出去吗？”我们身后排着整齐的长队，一直沿着列车车门站点排到对面的阶梯上。

“列车即将靠站，请乘客注意安全，小心……”优美的女声从广播里循环着播了出来。

随着车门“叮”地打开，我们跟随人流涌入地铁。

虽然景柏的墨镜已经遮住了他大半的容颜，但是与生俱来的高贵气息以及修长挺拔的身材，加以吹弹可破的水嫩皮肤，令车厢内的女乘客们都不知是有意还是无意，动不动就往他身边靠。

相较于景柏铁青的脸色，我的额上也沁满了薄汗，我不该因为自己的好奇而把总统大人带到这种地方来的吧？被这么多跨年龄、各种姿态的女子揩油的感受一定会让他在地铁到站后恨不得杀了我。

我双腿发软，但是依旧鼓足劲往他身旁挤过去。可是女人的斗争永远都是没有硝烟、异常火热的，每个女人都竭尽所能地挺起她们的酥胸挡住我的去路，可谓“尽显妖娆”。我望了望自己的胸口，觉得无力。

隔着重重人流，我和景柏被挤到了同一节车厢内的两个角落。此刻我只能盯着手腕上的手表算时间，希望这种窒息的感觉快点结束，北之国地铁的速度可是世界上数一数二的，我相信不出多久，我和景柏就可以从这个鬼地方活着走出去。

我究竟是因为哪根筋搭错了才会在跑车和沙丁鱼地铁之间无比可耻地选择了后者！

身后传来异样的触感，默默纠结了许久，我怎么感觉有什么东西在碰我？

我微移了一下脖子，斜下角 80 度，我看到一双猥琐的手再一次向我的臀部靠近。

呀！又被摸了！

该死的电车男！

仿佛浑身的神经都在瞬间紧绷，身后隐约传来的香味让我恶心得想吐。我的双手在一点点紧握，你找死！

我提起一脚死命跺到他脚上！

“哎呦，大爷怎么这么不小心啊！”我把自己优美得可以醉死一个人的声线放高了分贝。

穿着黑色高跟鞋，我把脚下全部的力量都用在踩电车男的脚后跟上！

“哎呦，大爷随便摸美女屁股可不好哦！”我支起膝盖狠力顶到他腹部。

“是不是很爽啊，大爷！”几乎每一个字都是从牙齿缝里蹦出来的，我双手接过他的肩膀把他摁到我身前，然后飞起一腿踹在他脸上！原本拥挤的空间因为我这个突然的动作，突然自动空起了一条小道，而地铁色狼自然从空隙的一端被我踹到了另一端！他手中用来遮挡“犯案行径”的公文包也落在地面，雪白的文档纸铺满车厢。

车厢内传出热烈的掌声。

新世纪女性们纷纷放弃把视线追随在景柏身上，异常崇拜的目光打在我身上。

“叮”的一声，地铁到站，车门在同一时间打开。

不知是以何等神奇的力量才从人潮中涌出走到我身边的景柏，正脸色阴郁地从脚边色狼的公文包前捡起一张名片捏皱放入手掌，并且伸出左手拽紧我的右手，成功制止了我即将对色狼进行二次攻击的冲动。

“景柏，我刚才是不是很厉害?!”

“……”

“喂喂……”

景柏只是阴着一张脸自顾自地拽着我向前走。手上的力道没来由地比往常每一次都重。

他是怎么了?

“以后，我不许你再坐地铁！”他停下脚步。

“嘿嘿，别这么严肃嘛！来，笑一个！”我试着去扯他的嘴角，可是被禁锢在他手上的力量很大，任凭我再怎么摇晃都难以挣脱。

“那个，如果你有空的话可不可以陪我去一下购书中心。”调戏未果，我只能通过转移话题来转移他的注意力。

他究竟是被电梯里的女性气息压迫了多久才导致现在身体机能出现异常，手上的力气竟然比我还大!

“嗯。”沉默了良久，他才缓过神来。然后略微迟疑地点头答应了我的提议。

{04}

《色诱极品总裁》《王爷，你好坏》《美男大联盟》《尤物》……我的手指游走在购书中心三楼的言情畅销读物上。

应该挑哪几本书去打发时间呢?看着后面的标题一个比一个露骨，一个比一个更具诱惑力，我羞涩地把这个艰巨的任务留给了景柏。

“你让我陪你来购书中心，就是为了买这个?”他的视线落在一本《调教娇羞少爷》册封上，嘴角有些抽动，手指也不自然地弯了一个弧度。

“对啊对啊!你真有眼光欸，这书的名字蛮惹人爱的，我看就买这本吧!”我伸出爪子想去抽这本最新上架图书，景柏先我一步，一把拍开了我正要贴近小艳本的爪子。其实我跟乔星璃还是有共同爱好的，虽然她更喜欢看耽美文，但是对于爱情小说的痴迷是我们勾搭在一起不断进军幻想之路的至高指令!

“你相不相信我现在就封了这家店?”完全挑衅的语气，冷艳得不带有任何回转余地。

“我相信……”呜呜呜，这是什么世道啊，我买小言书可是打心底里想促进北之国的 GDP 发展啊，身为一国总统，他竟然可以如此冷血地禁止自己的国家富裕起来!

为什么突然有种他是我爹的感觉，好吧，就算他是我爹，也不会像现在一样不让我买小言书，想当年干爹为了庆祝我生日送了一个流动图书室给我，搬到我书房的小言书可是一卡车一卡车的啊!

景柏怎么可以就这么扼杀了我对梦幻世界的痴恋!

“如果你没有买其他‘适合’你看的小说的打算，那么……”咬牙把“适合”两个字放慢几百倍念给我听，他压根儿就没给我回旋的余地，直接转过身子作势离开。

抚额！伺候这么一位自大闪闪的主，我不入地狱谁入地狱！

我只能恋恋不舍地抚着架子上齐刷刷的一排小言书缓缓地离开，要是我没有全身心把注意力都集中在每本小言书上华丽丽的题目上，我也许可以隐约察觉到胸口心脏破碎的声响。

从二楼楼梯口下来，我怨念地用“射死”光线在景柏背后来来回回地扫射。并不由得摸了摸右手边的背包，在发现自己有拿包砸景柏的冲动后，我极力用意念压制住内心的黑暗因子！把持住，苏纪音！偷袭总统的行为，会被狙击手死去活来枪毙五百次的！

“不好意思，麻烦打开一下您的包可以吗?”

刚走至门口，一位身着警服的购书中心保卫人员突然把视线停留在我腰边的帆布包上，他神色狐疑地冲着我的脸望了又望。

“为什么?”搞笑，我凭什么把包打开给你看！我加高嗓音问道。

“只是打开看一下，可以吗?”估计他为了“保住”我的面子，特意不把“我怀疑你偷拿了购书中心图书”这几个字说出来。真该要好好谢谢他，这么为我着想。

我究竟长的是一张多极品的脸啊，几十分钟前还在地铁内被色狼光顾，现在竟然在购书中心被警卫以“疑似偷窃”的理由盘查。

我无奈地将手伸向包包，一双手忽然握紧我的右手，景柏璀璨的星眸打在警卫身上：“你有搜查令吗?如果没有，那你又有什么权利对我的朋友进行搜身?”景柏的语气透露出半分狂妄半分气愤。

堪比星辰璀璨的眼眸，迎着室外的骄阳，魅惑得就似凡尘之外的神衹。

“请不要妨碍我执行公务！”景柏的一句话非但没有让警卫发觉自己已经触犯了国家所定法律，反而更肆无忌惮地把矛头指向景柏。

“你的公务就是无视北之国的法律条款，肆意将公民的利益降到最低吗?”

他大概在以往的搜身情况中都没有遇见过现在这等情况，这也只能说明不管是这些警卫还是那些被搜身的人民法律意识都过于单薄，连最基础的保卫自己的合法权益都不在乎。这还能怪谁?

熙熙攘攘的人群朝我们这个方向涌了过来，原本人与人之间尽显漠视的气氛，大抵是因为路人们好奇心发作来围观当看客打发下时间，硕大的玻璃门前竟然被挤得水泄不通。

这就是人类，在这个物欲横流的大都市里，除了眼前的利益，唯一能够满足得了他们的或许也只有这种供人消遣的话题了。我不禁冷笑，这是多么悲凉的世界啊。

“那个男人像不像总统?”随着一声不高不低的呼喊，整个人群再一次躁动起来，每个人的视线都越过警卫交织在景柏身上。

纵使隔着一副墨镜，然而这种无与伦比的帝王气质让围观者们对于他可能是总统的疑问渐渐变成了肯定。

“咔嚓咔嚓。”四周传来齐刷刷的拍照声，各类手机被他们握在手上，冲着景柏按下拍摄键。甚至还能听见有女生打电话给娱乐新闻爆料中心，兴奋的心情难以言喻。

拜托，这种情况要打电话打的也是报警热线好不好，再不济政界新闻热线也是不错的选择，为什么要选择娱乐新闻爆料中心呢?

身前的警卫似乎有些呆住了，大概是因为在这么多人指指点点的情况下，发觉自己刚才反驳的竟然是北之国的总统景柏，不禁汗水溢满面颊，警服内的白色衬衣也显得有些微湿。

围绕在耳畔的嘈杂声音铺天盖地，我难受地皱起了眉。

景柏见状，只是面容冷漠地附在我耳边低语：“我喊 123，你跟在我后面一起冲出去知道吗?!”

“嗯。”我迟疑地点头。

"1、2……3!"一声令下，我飞快拽紧帆布包紧随着景柏的身影往外挤出去。好几次我都差点被人群挤回去，可是我明白如果我不立刻从这里离开，景柏肯定还要重新折回来把我带出去。我不能把他再一次带入这个舆论中心!

挤得肺部空气短缺差点就要窒息而死，一双手牵起我放在身前的右手，在我眼前发晕之际带领我往前方跑去。

景柏的手很纤长漂亮，交织的十指冲破凝重的气流，逆着风，我的青丝在耳畔飞扬。

阳光温暖地洒在路的前方，浅薄的光线在我双目中荡漾。

{05}

"喂!你说我们现在该怎么办?"

机翼盘旋的声响害我戴着耳机依然很吃力地对身旁这位好似局外人的始作俑者大声发问。

就因为总统的突然出现，整条道路都被封死了。

原本在写字楼里上班的白领们都匆匆忙忙放下手中的工作，涌到大街上一睹总统真人的风采。

我们显然是低估了在这个科技高度发展的时代信息的传播速度，尤其是对于这种"总统亲临"事件的信息传播。

不过幸运的是，收到这种爆炸性消息的人群中除了普通居民外还有总统府的一系列高官。就在我们打算放弃"逃难"，一不做二不休选择倒在地上装死的时候，天空中响起的飞机盘旋音把我们从百姓的魔爪中解救了出来。此刻，我有一种在地狱逛了一回的感觉。身旁的景柏一定就是传说中的恶魔撒旦，只要靠近他发生的任何事情都会变得匪夷所思。

"你先跟我回总统府，然后我再派人把你偷偷送回你家。"本小姐我的听力自小就是一等一的，否则对于景柏这种在直升机上讲话还讲得这么风轻云淡的语调，我一定死都听不清楚一个字!

“都怪你！没事跑出来抢风头干吗?!”

“难道你希望被他搜身?”

“谁说的！你以为我把手放到包上是为了把包打开吗？拜托，我只是情绪太激动一时忘了我的手机就挂在我手腕上，我那时是想打电话报警让警方来处理。还不是因为你，硬要把我的大学专业改得跟你一样，学什么国际法律，害得我现在法律意识这么强烈！”其实我这么说，抱怨的成分只占3成，剩余的7成绝对是对他的感激！

莫名其妙被拉到法律系跟他同班，原本应该是一件很枯燥的事，可是一旦对这个社会体系所存在的黑暗面知悉，就妄想尽自己最大的努力改变它……自己竟然渐渐开始喜欢上法律专业。每堂法律课都化身成热血小青年，一个字一个字地对教授所授予的知识做好笔记。

“扑哧。”景柏竟然笑出声来，熠熠生辉的眼眸隔着厚重的保护镜在阳光下依旧很是好看。

“不过，你刚才跟莲初在一起究竟在干什么?”景柏重新换上冰冷的表情，戴着耳机的脸庞转至我的方向，看着特别像威风的特级军人。

他的思维跳跃得还真够快的！

“还能干吗，当然是买衣服咯！”

“衣服?”

“对啊，北之国两个礼拜后不是要举行首脑会议吗，当晚好像会有什么特殊晚宴。莲初让我当他舞伴，所以今天硬要拽着我去帮他挑礼服。不过到头来却一件都没挑上，真是个挑剔的男生！”说着说着，脑海中又盘旋出刚才我跟着景柏离开，莲初气结的表情，不由全身心舒畅了起来！

“不要穿他给你买的衣服！”

“什么？你再说一遍我没有听清楚。”什么“不要穿他给你买的衣服”，是我听错了吗？还是说莲初又在什么地方惹到景柏了?

“你想要什么衣服我都可以买给你！”

景柏追随着我的视线突然闪了闪，然后他转过身子摆正脸庞，用一张

精致得让人窒息的侧脸对着我。

他这究竟是想干吗?

“礼服我会派人在晚宴前两天送到你家里，在那晚，我身旁的位置会为你而留着。”

“喂，别告诉我你是在表白啊?”我的喉咙发痒，双手竟然鬼使神差地搭上他的肩膀。

……

“你觉得可能吗?”四周的温度一下子又降低了几个百分点，我就说嘛，这种天之宠儿怎么可能看上我这种稍微有那么点不平凡的小姑娘呢。内心虽然隐隐有些失落，可是更多的却是对内心某种猜想的肯定。

“嘿嘿嘿嘿。”我只能扯着嘴角没心没肺地傻笑着。

{06}

最新款笔记本电脑因为我一时打开的网页过多竟然死死卡在那里!

硕大的屏幕上《总统恋爱罗曼史》《绝色恋人正义之战》……各种天理难容的大标题占据一线网络平台的每一项头条。

世界上娱乐记者怎么可以这么多!就牵了下手坐了下直升飞机就被他们撰写成“为爱奔跑”这个惊天地泣鬼神的故事!

那要是哪大景柏给我披个衣服什么的会不会被写成——“总统又爱发作，担心恋人肚子里的宝宝，温柔地为恋人送上爱的温暖”。一想到未来发展的趋势有可能是如此狗血的方向，我不禁想用拳头摧毁这台卡了整整10分钟的笔记本!

怎么感觉今天从早上起来，哦不，大概在晚上入睡的时候我就感觉到四周有种被监视的感觉?自己对于外界的察觉力可是很敏感的，为什么会有这种不适的感觉?

顺着直觉，我从旋转椅上下来，穿着拖鞋脚步迅速地移到玻璃窗边，小心地掀起窗帘的一角，透过明亮的落地窗，我清楚地看见自己的公寓下

方密密麻麻地围了一圈人，各台记者拿着话筒抢站在最前线，而前方挡着记者去路的是一队身着警服的警察，他们专业地架起人墙，犹如一尊尊不动的雕像，屹立在生命的最前线——为什么我会想到“生命的最前线”这么小学作文化的6个字！

“喂，是我！3分钟后看时政一号台。”腕上的手表发出来电音，我一打开接通键，沉稳的声音就从听筒内传来。

还未等我答复，对方已经飞速挂掉电话。

景柏。

这是我此时脑袋里唯一盘旋着的两个字。

按下遥控器开关，我打开液晶电视。伴随着刺眼的白光一闪而过，液晶屏内1号台传来中央大会堂的影像。

时政平台的硕大数码秒钟开始旋转，发出令人振奋的倒计时音。

5——4——3——2——1！

原本安静的大会堂内忽然发出排山倒海的质问声，伴随着“咔嚓咔嚓”不间断的闪光灯，大会堂侧门打开，景柏一身正装，神色严肃地从门外走入。

黑色的裤管伴随着他的步伐，肆意飞扬着。

他的每一步似乎都走得很稳，完美的侧脸迎着可以拍到毛孔的无数台专业摄像机，毫无瑕疵的精致脸庞占据整张屏幕。

世界上竟然会有这般近乎神祇的少年存在！

每一步都彰显着年少的狂妄，墨黑色的刘海儿柔顺地飘动着，灿金的眼眸在到达演讲台的瞬间转至底下的记者团们，璀璨的眼眸浸染着千般妖娆万般霸气凝神注视着摄像机。

“景总统，对于那日在购书中心发生的事您有何感想？”

“总统，请问您真跟苏纪音小姐在交往吗？”

“请您解释一下，苏纪音小姐与您……”

“对于国民淡薄法律意识这点，您是否有……”

记者极尽刁钻的问题从四面八方涌来。而他只是冲着底下的记者们淡淡地笑着，超乎年龄的沉稳让在场的记者不禁放慢了自己提问的速度。

“对于国民所缺乏的——利用法律保护自己的意识，我们将经过各道会议流程对这方面更多地进行宣传以及免费教育……”我依旧可以感受到楼下不散的记者同志们不惜错过就餐时间，举着专业相机朝着我的窗户取景，绝不错过任何一刻可以让自己爆料的机会。

但是我更多的注意力却是集中在液晶屏幕上，担心错过景柏的每一个表情以及每一句话语，内心却不知为何我会有这种想法。

“而关于苏纪音，希望你们不要再过多地打扰她的生活，我跟她只是普通朋友关系，那天一起出现在购书中心也只不过是因为——她是我的同班同学兼特别助理，代替我处理学校以及总统府一些琐碎的事情……”这种原因也能被他想出来？看来舆论的力量是致使各种谎言滋生的温床。可是我竟然一点都不生气，或许除了这么回答，也找不到更好的理由来解释我们那日的“私奔行为”。

总不能说：“因为苏纪音小姐想看小言书所以我被她拉到书店，之后又发生各种正如你们所见到的事情……”什么什么的……要是真这么说，不仅我的面子挂不住，就连总统高高在上的地位可能也会因为这么可恶的事受到挑衅。

“希望你们不要再刻意追究这件事，因为——苏纪音以后是将要入住总统府完全投入到自己的总统助理职位上，如果连陪我去书店买专业书这类事都被报道成男女约会的话，那么未来她在总统府处理事务，大家是不是会说她已经跟我同居了呢？”景柏的嘴角玩味地勾起弧度，他临危不惧地迎向记者们的视线。

听到总统的回复，大家都不禁朝着彼此笑了起来。这件事或许到此就这样结束是最好的做法了，就当是留个悬念、顺便给总统一点小空间，这点面子他们还是要给总统大人的吧？原本以“兴师问罪”的态度前来澄清会的记者们，因为总统突然的一番话，都不由把提问视角转至国家民生问

题上。

而显然，面对这些熟悉的政治问题，景柏回答得更是贴切认真。

原定于30分钟的澄清会，因为这次问风大转被总统特意延长到一个小时，那些以娱乐记者身份前来采访的工作人员只能眼巴巴地瞅着对方时政人员交流，尽量让摄像大叔把总统认真工作的面容拍得帅气点，好在第二天继续占据娱乐报头条！

{07}

明明是最美好的礼拜天，我却被门铃声吵醒，披着睡衣不满地打开房门，门外是一位身着执事服装的美少年。

在我开门的一瞬间，他恭敬地弯下腰，对着我摆出90度的鞠躬礼。

“您好，请随我前往总统府。”

啊咧？总统的办事效率不要这么快啊！昨天才在新闻媒体上澄清自己只是他的特别助理，今天就派人来接我打算玩一出“假戏真做”是吧？

该死！为什么他要派这么一位绝色的小执事过来接我，要不是因为我欣赏“美好事物”的综合征又不小心犯了，我发誓我绝对不会伸出爪子在他胸口拍了拍，然后以迅雷不及掩耳之势跑回房间打理好一切，最后跟在美少年执事后面边流口水边一脸淫荡地跟着他上了一辆加长版房车。

车子内很舒适，开车的是一位四十出头的美大叔，一副黑色的边框眼镜戴在鼻梁上，怎么看怎么有气质。

景柏身边的人为什么各个都这么上档次！

隔着1米多的距离，小执事坐在我对面，漂亮的眼睛弯成半月，他在那里恬静地冲我笑着，好似一位等待相亲的小姑娘。温柔娴淑的姿态让我都不禁自卑起来。

房车开了将近20分钟，之后穿过一架8米高的镶金铁门，朝着总统府内又开了近10分钟。

车子稳稳地停在一块白色瓷砖铺成的平坦地面上。

小执事先我一步为我打开车门，然后右手小心地环在车门上方，邀请我出来。

我弯下身子，从车内走出，忙不迭地冲着他道谢，期间还不忘在他手臂上摸了几把。这肌肉，锻炼得真好！

我有些不解，如此具有色女潜质的自己，竟然可以在莲初和景柏面前把持得这么好，或许是因为他们两个身上所散发出的高贵气质，让略微邪恶的自己有些没胆去侵犯他们……

然而当我把视线转到如同宫殿般华丽的建筑大门口时，我成功被两排齐刷刷站立着、冲着我整齐鞠躬高喊“欢迎苏小姐”的阵势给吓到了。

而让我的小心灵受到另一重惊吓的远远不止这些，原因就在于站在那里欢迎我的工作人员们统统都是男生，而且大多都是20出头的男子，用“美少年集中营”这6个字描述总统府真是再贴切不过了。

想来景柏一定是在自己的府邸内圈养后宫军团，而且还是各个姿色非凡的美少年后宫世界！

耳边仿佛传来烟花绽放的声响，通过我早已眯成一条缝的眼睛，竟然还可以看到各种五彩缤纷的泡泡在我身旁飞舞！

古代嫖客逛青楼也没我此刻的心情欢愉吧?!

瞧那一张张漂亮得就似画幅的脸蛋，脑海中忽然闪现科学家所证实的一个理论——一个人的外表会受环境影响而改变，基因只是你外表的一部分，你更多的外表改变完全取决于周边的环境。由此可见景柏、莲初可以长成这副没天理的帅气样，很大程度上是因为处在这么一个百花齐放的梦幻环境内。

天天被美少年环绕的日子一定很享受……

怎么感觉这个地方就没有出现什么女性生物——除了我之外。会不会是因为怕总统吃“窝边草”，从而影响北之国的声誉。为此高官们特意取缔了总统府内所有女性职位，拉了一批姿色超凡的美少年前来“压阵”?!难道他们就不怕北之国的总统因为环境影响而开始搞同性恋？话说现在

BL（男男恋）事件可是很粉红很高发的欸！

“我说，你究竟想在门外站多久？”一道清亮的声线从整齐小方队的那端传来。

四周的侍从动作统一地向后退去，然后把这个宽敞到可以开 party 的大厅留给我和景柏。

“初来乍到，想和这些小执事们多认识一下……”我尴尬地搓着手指，“我说，别人花粉过敏，你是女人香过敏吧？怎么这么大一总统府连个异性都没有？”

“难道你不是异性吗？”拜倒！他每次都喜欢在别人的话语里找空隙钻！

“是不是因为你……”我猥琐的话还未进行到重点，景柏便立刻出口制止我的各种不良猜想，“别乱想了，以前受不了在总统府工作的女性尚宫喜欢围着我指指点点，我把她们都辞退了，所以你现在在总统府里是不会找到你的任何同性生物了，包括雌性动物。”

“好绝情呢！人家那是喜欢你，互相抒发一下对你的崇拜都不行啊？”真为那些女生感到不平，欣赏美色点评美色是我们每一位降临在新新时代女性必备的职能好不？

“你是说如果别人不对我指指点点，就是因为不崇拜我，不喜欢我吗？”

这家伙究竟是有多能曲解别人话中的意思啊，不仅如此，他的自恋的程度完全跟莲初不相上下！

跟随着他的脚步，银白色的铺地砖在脚下一点点蔓延向远方。璀璨的吊灯如同夜空中的星辰，悬挂在大厅上方，跨过一道又一道镶金大门，景柏的手指落在一个暗红色的弧形旋门上。

房门打开的一瞬间，宜人的浅香扑鼻而来。我一度怀疑这是传说中的龙涎香，不然世界上还有什么香味可以配得上如此帝王风的景柏？

景柏自顾自地坐在书桌前，捧起身前一本厚度极其可观的书看了起来。

“你觉得自己可以干什么事情，就干什么吧！”放下一句话，我就似被动物园园长放出来的悲怆小生物，扑扇着小“翅膀”迅速弹到不远处的沙发上挺尸补眠。

在这个奢华的宫殿内，尽管是平常那般的呼吸，我都觉得自己的元气被消耗得好大。

把头搁在柔软的沙发垫上，身上是中央空调洒下的冷气，浑身上下都万般舒畅！我翻了个身，从背包里掏出一个MP4，塞上耳机悠然自得地沉浸在自己的世界里。

……

我感觉眉间有柔软的触感，猛地睁开双眼，我便发现景柏不知从哪儿抓来一支羽毛笔，用笔尾的羽毛碰触着我的眉间，该死！这年头竟然还有这种笔在生产！北之国科技看来真的很难进步啊！

映满星光的眸子帅气逼人。

“苏纪音，才3分钟你就能睡着呢，真是了不起啊！”低沉的语气中浸满挑衅意味。

“干吗?！嫉妒啊！”

“对呢，我很嫉妒！”略带撒娇意味的一句话，让我浑身一哆嗦，感觉脸颊上的热量一点点向我的身体蔓延。

景柏白皙的脸庞上浸染着一丝莫名的焦虑。我忍不住扯了扯他的脸颊，嬉笑着说：“看来有心事呢！来，快告诉姐姐，你遇到什么麻烦了?”

景柏一把拍在我脸上，把我凑得异常近的脸蛋重新拍回沙发上。

讨厌，男人怎么可以这么不懂得怜香惜玉呢?好歹人家也是有那么一点点点点点点姿色的女人啊！

在察觉到景柏有坐到沙发上的倾向后，我立刻从沙发上一个鲤鱼打挺跳起身，然后狗腿样，让开沙发伸出右手以欢迎姿态迎接他。

他的睫毛略微翘了翘，然后不动声色地坐到沙发上。

“来来来！让作为小秘书小助理小美女的我为你按摩！”我伸出罪恶的

爪子，抚上他修长的腿，敲、打、捏……各种“服务”项目免费奉上。

“小美女?”景柏随之蹙眉。

我有种被打击的感觉，于是化悲愤为神力，手上“按摩”的力量随之加大！我就不信我不能把他打成残废！

“苏纪音，你担当得起行刺总统的罪名吗?”

“蓄势待发”的双手顿了顿，我将“按摩”的对象移到总统脸上，如果他毁容的话，鬼才知道他是总统！

景柏将我的双手禁锢在怀里，“要是我的脑子被你按坏了，两个星期后的四国会晤谁帮我出席?”

“我啊！我啊！”由于双手无法动弹，我只能扭动身子来显示自己的出席“欲望”。

“就你? 你行吗? 这次的首脑会议需要策划一个大型国际互惠项目，小助理，不知你有什么好的建议?”

为了早日摆脱双手的束缚，我大力踹在景柏腿上，趁着他注意力转移的间隙将双手从他掌心内挣脱，随即，我一把扯过景柏暗黑色的领带，阴森森的眸子凑到他脸庞：“不知道你有没有听过‘微服私访’这四个字，整天待在总统府里欺负小女生，可不是一个威风凛凛的总统应该有的表现哦！”

我和他的距离近到在我的脸颊上，竟然传来他扑扇着睫毛的触感。

高贵的灿金色眼眸中映着我的模样，他微微闭了闭眼：“那你说，我应该怎么做，才能符合现在的总统地位?”温暖的气息覆盖在我的脸颊上，我松开他的领带，将脚踩在他身旁的沙发垫上，双眼45度望天——花板，在他一脸黑线的注目礼下，摆出标准的女王姿态，兰花指一翘：“很简单，从现在开始以我苏纪音为指导思想，将工作重心放在本小姐的计划表上，我保你不出三日，就能够思考出在首脑会议中将要展示的国际项目！”

{08}

“你上辈子不是神偷就是间谍吧?”

“嘘!”两个鬼鬼祟祟的身影潜藏在总统府的草木丛中，我压低声响，用眼神暗示景柏不要再废话了!

我觉得现在的我们就是在偷情，自从上次一起去书店的事件被扩大至国家级话题后，高管领导无不给总统下通牒，让他不要再随意出总统府。

当然，我们常年蜗居在奢华宫殿的景总统倒是毫无压力，做出每天以最规律的作息时间处理事务，偶尔跑到北帝学院上上课，增加点人气之类的事可谓乐此不疲。

让北之国总统屈身蹲在草丛里的事，或许也只有个别人可以干得出来吧?

“如果你不想成功溜出总统府去‘体察民情’的话，现在可以飚高音让你的仆人把你领回去圈养了!”

为了把这位神化生物偷运出去，我的脑细胞没死几亿，也死了几百万吧!现在他还能躲在一旁说风凉话，以表示对我灵敏运动神经的“褒奖”。

摄像机探头在我们身子上方顺时针移动着，身着特级警官服装的军人迈着整齐有力的步伐从我们身前经过，胸口佩戴的皇家军官纽扣烁烁发光，闪得让我都睁不开眼。

压低身影，我们头上举着一片硕大的绿叶，像小偷般——应该是像特工般，飞速移动着。

勘察敌情，堆踏板，控制摄像头……一系列高难度任务完成后，我们翻身从总统府某道墙上跃过。

一路都擦着墙角快速移动，我觉得身侧的皮肤都有些火辣辣地疼。

原来从自己家溜出来还可以高难度成这样。

总计耗时 10 分钟，我们成功站在了总统府外的安全领域。大大舒了口气，用衣袖抹去额间的薄汗，有些破碎的衣角在狂风中簌簌发响。

“看到没?！你家的墙壁都是刀尖做的吧，一路擦过来我的衣服都变成这样了！下次回去赔我一套衣服知道不?”我扯过左手下方如同碎布般飘零的衣裳，趾高气扬地用另一只手指着他的鼻子说道。

“谁让你技术不到位。”他微微转过20度，用他精致到毫无尘埃的衣裳对着我，示意我他的逃跑技术有多上乘。

为了防止那象征皇室身份的灿金双眸在民众身前暴露身份，我特意高价买了一副美瞳送他，金色瞳孔上覆盖的墨黑色美瞳，迎着阳光，泛着点点光华。

他现在的眼珠很漂亮，就似墨水洗染过一般，英气逼人、神秘异常。

原本我还打算把包里的假发给他戴上，让他男扮女妆体验下女性生活，可惜在他刻薄到天理难容的语言攻击下，我只能举白棋投降，把满腔热血不停地往心灵深处咽。

不过，现在的问题是——在没有任何奢华交通工具的情况下，我们两个要怎样才能安然爬到热闹非凡的市中心?

我在考虑，现在要不要把裙角扯起来卖色招揽免费小轿车带我们一段路程，双手刚放到裙角，景柏就先我一步跳上一辆打着化妆品广告的巴士。

我只能放弃搭免费班车的计划，一脸不甘地跟他一起跳了上去。

“钱你付啊！”耳畔传来一句冰冷的话，我浑身一哆嗦，从口袋里掏了半天才摸出两枚硬币丢到收费箱里。

堂堂总统大人坐个公车都要别人请客！宇宙究竟是怎么了?！

公车开始启动，我拽着拉环，跌跌撞撞地跑到景柏身旁的空位坐下。

阳光透过半开的窗帘照了进来，在景柏毫无瑕疵的白皙皮肤上泛起点点金光。此刻的他如若出尘仙人般高贵逼人、水灵非凡。

“你回去可不可以命令交通部发张免费公交卡给我，这样哪天我坐公车就不用给钱了！那个，凭我们俩的交情，这点小事你一定会答应吧?”我扒拉着两条手臂凑到胸口圈成祈求状。

“不可以！”简单的三个字，让我顿时化为原型。

哼，小气鬼！嘴角露出不满的弧度，我双手抱拳将头摆到另一面窗户边上。

“不过，如果你以后想坐免费车的话，可以来找我，你想去哪里，我都可以派人送你去！”

一句话让我原本不屑的表情顿时崩塌，我重新恢复狗腿样，露出雪白的牙齿，点头如拨浪鼓。

“总统大人，你最伟大了！”我现在有种拉起他的手在公交车里跳大腿舞的冲动。

公交车陆续在一个个站点靠站，人流如同沙丁鱼般从前门涌了上来。

原本空空荡荡的公车内，此刻又如上次地铁车厢内那般，拥挤得连周围的空气都变得稀薄。

受不了耳畔的喧哗，我和景柏提前从站点跳了下去。

“走吧。”景柏命令道。

“好……等等！”刚想欢呼着跑到他身边，可是我习惯性一摸左手边的口袋，却惊悚地发现我口袋中的纸币已经被一张破碎的纸片代替，纸片上嚣张地用黑笔写着一行小字。

——妹妹，以后出门别只带这么点钱，否则哥哥们会有压力的呦！

扑！把我口袋里只能够用来买两顿早饭的10块钱偷走也就算了，竟然还敢赤裸裸地留下这种令人抬不起头来的挑衅书！

我把这张纸条塞进景柏的怀里，“你看哦，北之国的子民都好了不起呦！很有某人风范呢！”某人指的是莲初，那位性格狂妄自大臭美嚣张的莲少爷！

“你报警吧！”

“拜托，人家就丢了10块钱！要是这都要大动干戈让警察耗费几十块的油费来这里处理，我一定会被警察以妨碍公务罪抓进监狱的！而且，你觉得北之国的吃白饭警察有能力处理这个案子吗？”

景柏微微蹙眉。

的确，北之国很多事务处理的效率一直都很高，然而在惩治犯罪方面却一直进行得不如意。市民眼中最深恶痛绝的不仅仅是那些眼中只容得下金钱的罪犯，同时也包括那些拿国家高额税收却把市民当成路人看待的恶劣警察。

“如果你不把利民保民这块做好，北之国的人民永远都不会拥有一个理想生活。”

景柏抿嘴，审视的视线打在我身上。

“呐，作为一位神之国小百姓，我友情支持下你的工作！其实吧，我觉得对于小偷这种情况，完全让警方处理，根本就是在浪费人力物力，而且一点成效也不会出来……”我滔滔不绝地把自己的想法告诉他。

北之国的警察很大程度上都是握着实权做最轻松的工作，而派遣手下处理被盗案件，不仅不能在短时间内取得实质性突破，而且让同一批警察兼顾这么多事，只会适得其反。北之国应该出台一项新的警署委派令，往后被抓住的小偷只有在限定期限内通过自己摸索抓住两件犯罪事件主谋才能赎去一定程度的罪行，否则他的犯罪记录将被载入电子档。而第二次触犯法律，他将永久入狱。

这么一来，由于罪犯之间的彼此监督，犯罪行为便会大大减少。何必要浪费没用的警力抓贼，这种事情就让小偷自己做好了！

景柏看我的目光变得有些深沉。

“看来，我委任你作为总统助理真是做对了，没有白白浪费一位治国人才呢！”

“那是！”我双手一摆，眼角直逼天际，眉毛弯得跟彩虹似的。

“喂喂，别夸了你一句，就转得跟二百五一样！”

“那也要看是谁夸的，你说是吧，我的总统大人！”

总统大人四个字似乎很让人受用，景柏眯了眯眼睛，笑意袭上了他的嘴角，他满意地点了点头。

{09}

由于身上仅存的10块钱被小偷偷光了，现在我们两个人就像无家可归的乞丐，以脚力代替廉价的公车，飘飘荡荡地往回赶。

可惜自己没什么艺术天分，不然我一定敲锣打鼓举行一个街头卖艺大赛，凑几块路费好早日回到总统府。为什么倒霉的我要把总统从那个舒适的小窝里骗出来?

忍住把景柏衣服扒光当场跳脱衣服卖色求路费的冲动，我无力地将爪子攀上他的肩膀，要死，没事长这么高干吗?！踮起脚尖，我才成功地整个人扑到他肩上。

景柏一把将我的爪子抓下来，然后连拉带拖地把自己从原地向目的地拽。只是这个目的地有那么点远！

“呜呜呜……还要多久才能到啊！”这个鬼地方距离总统府的路程就相当于绕着北帝学院的塑胶跑道跑几十圈，就算骑着自行车代跑，也没有这个能耐呀！

“你可以打电话求助！”

要是可以求助我早拨了！这个臭小子刚刚告诉自己，说可以拨任何人的电话，就算警察叔叔的也没问题，但是除了一个人外——那个人就是莲初，他为什么就不让我拨莲初的号码呢？而剩下乔星璃那死丫头的号码，我刚刚也试过了，忙音。

脚下出现一颗小石子，我飞起一腿把它踢向前方。

石头顺着道路咕噜咕噜地滚动着，最后停留在一个小男孩的脚边。

那个孩子，衣衫有些破旧，黝黑的小手抓着一根枯木一笔一笔在泥土上画着笑脸。微风吹过，散落的花瓣在半空中悠扬地坠向地面。

“文文，回来吃饭咯！”不远处一个佝偻着身体的老奶奶召唤着小男孩，她的手里抓着一个卖相不怎么好看的包子，被时光雕刻过的脸上盈满了幸福的神采。

“来了！”放下手中的枯木，小男孩拍了拍自己的膝盖，然后露出灿烂的笑颜朝着老奶奶飞奔而去。日暮微熏，斜阳落下，地面上颀长的身影让我不禁内心一颤。

小男孩抓起那个不大的包子，掰成两半，把略大的那头送回老奶奶的嘴巴里。

“奶奶，一起吃！”稚嫩的声音让现场的我，一辈子难以忘怀。

握住掰开的包子，老奶奶露出残缺的牙齿，摸了摸小男孩的头就转身走入他们的家——一根废弃的环状建筑材料。

管子外是一块不大的布，有一个矩形小缺口，满目萧条。

随着老奶奶离开的身影，我和景柏同一时间朝着屋外的男孩走去，孩子大概六七岁，碧绿色的双瞳里熠熠生辉。

“小朋友，你叫什么名字啊？”

“彬一文。”

说完，小男孩便回到原地抓起那根枯木一笔一画地在泥土上写起那三个字。

“我的名字是上次一位叔叔教我写的哦，我最喜欢写的字就是彬一文，还有奶奶的名字。”文文的脸上浸满幸福。

“家里的爸爸妈妈都出去工作了吗？”景柏蹲下身子，语气放得很缓很可亲。

“不是，家里就我跟奶奶两个人，我是被奶奶带大的！我没有爸爸妈妈，但是有全天下最爱我的奶奶呦！”小鬼一脸骄傲的神采。

“那你想不想像其他人一样可以每天上学放学，并且拥有一个漂亮的屋子以及丰盛的食物，过上幸福快乐的生活？”

我想身旁的景柏，现在一定想把这个小家伙带回去，并且给予他一切少年少女应该拥有的童年生活。

“嗯？为什么要跟别人一样？我现在就很幸福啊！”星光仿若坠入凡尘浸入他的眼睛，小男孩凑着粉红的小嘴巴惹人怜爱地宣告着他的幸福。

“对，你很幸福！”景柏微微扯了扯嘴角，双手为小男孩擦了擦脸上的尘埃，并在他瘦弱的背部轻轻拍了下。

小男孩在目光的恍惚下，被他的奶奶唤回了那个简陋却丰裕的“房子”里。

他挥舞着小手向我们告别。

“再见啊！”

“再见。”

不知为何这两个字说得有些苦涩，为什么明明失去这么多幸福资格的他，却可以这么快乐！可以满心欢喜地向我们昭示他的幸福！全世界什么都不缺的快乐！

而那些明明什么都有，还无病呻吟妄想得到更多美好事物的我们，究竟又是在祈求些什么？

全世界最纯粹幸福的人，就是像他一样吧？

可是明明应该到了求学年龄，却没有任何资金来源，只能过着和奶奶相依为命每天都为第二餐忧虑的生活。

虽说每年北之国都有很多慈善机构为这些没有生活来源的人民捐钱捐物，然而从贪官手中真正流入到这些需要帮助的人民口袋里的财物，究竟又有多少呢？

回去的路变得万般漫长。星光璀璨却遮盖不住景柏泛黑的脸庞，他一声不吭地走在回总统府的路上。

总统的压力真的很大，越想要给全天下所有人幸福，就越会觉得自己无能为力。

真想为他拢去黑夜，让他早日寻到夜空中最美丽的星辰。

{10}

无声的路途一直持续了几十分钟，按捺不住气氛的凝重，我不由吱了个声。

“呐，你说我们要不要办一个全球最特别最闪耀最让人向往的学院?”

景柏好像对我的话题很感兴趣，墨黑色的眸子在星空下泛起幽幽光点。

“怎么说?”

我把内心的想法告诉他，希望有机会的话，北之国可以打造一个全球第一高质量的学院。

而那所学院的概念是这样的——

坐落于北之国首都的高质量学府，汇集全球最顶尖的教师。

北之国跟神之国施行的是义务教育以及严峻的高考制度，而另外两个国家在教育方面重视的是能力，并非笔试。

可以通过国家间的紧密联系，交代几个负责人到各国名牌大学进行宣传，告诉他们北之国要造一个全球最优秀的名牌学院，幼儿园至大学一体化，只要能够进入该学院学习，校方一定确保学生进入重点大学的几率高达 99%，这所学院所要教授的并非仅仅是北之国中考、高考的范畴，它所要培养的是每一位学子的爱好以及天赋，根据学生秉性的不同，对其进行特别指导。就算在北之国高考落榜，但是只要进入该学院就是拿到了国外各所重点大学的 VIP 录取通知书，成绩优异的学生可以被推荐到神、灵、镜三国进行出国深造，学费全免甚至有机会获得高额奖学金……这么多诱人的条件不可能没有人心动。

而想要进入这所璀璨学府的条件只有三个。

1.比普通学院偏高的不菲学费。

2.想要入学，每个学生都需要带一位贫困儿童一起来上学，而同伴的学费由该学生家庭全额包含进去。不能在任何不正当原因下使所附带贫困儿童辍学，否则交付学费家庭学生将受到同样待遇。

3.其中所携带的贫困儿童 20% 可来自其他三国，而剩下的 80% 则是北之国当地儿童。

为了促进贫富教育均等化，我们不能仅仅依靠各界好心人士的捐款来

提高贫困儿童生活质量。

威逼利诱，那些真正意义上的有钱人也应该为这个社会出一份自己的力。何况，在他们子女可以获得相应好处的情况下，他们没理由把着只去奢侈酒店吃一顿的钱，不为自己的子孙铺路。

我一直觉得自己很有治理国家的天赋，血液里流淌着的皆是鲜活热血！而在没有任何政治背景的情况下，遇到景柏，或许是上天赐予我最珍贵的礼物。

北之国社会风气很难改变。

尽管只是小小的一个方面，我也希望自己的想法可以给这个国家的人民带来一点小小的福利。

幸运的是，景柏很愿意倾听一位平民——也就是我的感受。

在我把教育改革方案吐露给景柏听之后，他很郑重地告诉我，他将要把这个方案提到两个礼拜后的四国首脑会议上。

有关教育的四国“联姻”，在那天国家领导出席的宴会上应该最有可能实现。

我不由开始期待那天快些到来，希望像彬一文那样乐观但贫困的小孩子早些拥有学习的权利，虽然不能帮助到每一个人，但是在最大限度上帮助那些原本没有机会进入学院学习的孩子，我一样会觉得很开心，觉得自己似乎做了一件很了不起的事。

可是为什么我隐约感觉自己来到景柏身边正一点点在偏离原本计划的轨道？

策划了许久，借助一系列人员的帮助我才走到他的身旁，然而我现在又在干什么？我竟然把有限的时间统统花费在把内心思考已久的想法一点点吐露给他听上。

作为一个绝不认输的元气少女！我绝对不能再这么庸庸碌碌地耗下去了！

要知道我来到北之国最高统治者——景柏的身边，是为了……

Chapter 04

怪盗降临 VS 暧昧升级

{01}

时光荏苒，白驹过隙。

今天早晨过得有些嘈杂，耳边时不时传来佣人们快步行走的脚步声，以及絮絮叨叨的交流声。

四国会晤要在今天上午9点于总统府内的会客厅内进行。

于是八百年走淡定路线的美少年执事们各个兴奋异常，领带系得一丝不苟。

透过海蓝色的防弹玻璃，室外花园内是穿梭着的工作者，一排排有序的记者在工作人员的带领下走向会议大厅。

看了眼身上粉色的樱花睡裙，我打了个哈欠，然后重新挪步回公主床翻身将被子盖到头上。

哎，大清早的，还让不让人睡了！

呃，怎么感觉身子旁边阴阴的，稍稍移开被角，一张精致得难以言喻的俊美脸庞倏地落入我的视网膜。

剪裁高贵逼人的黑色西服被景柏人模人样地套在身上，银色的领带照得他的皮肤越发白皙迷人。

冰冷的双手抢过我的被子，一把便把它掀开。

我咕噜咕噜转了一圈，背对着他，把身体缩成刺猬状。

“有毛病啊！怎么可以随便掀淑女的被子呢！小心我告你调戏良家小女生啊！”本以为景柏会面色窘迫，一脸被搓中伤口样，屈身向我臣服道

歉，并且高呼“女王万岁”！

然而事实却让我哽咽着口水，无数道飞剑似乎从四面八方向我袭来！

“那是谁，昨天、前天、大前天以及……每天早上晚上拿着单反相机偷偷溜到我房间里对我进行非法拍摄?”张狂的语气撕破气流的束缚，不断灌入我的耳廓深处。

鼻尖有一丝温热，这是我即将流鼻血的预兆。

我赶紧吸了吸鼻子，故作镇定：“这还不是生活无聊，从来都没有被授予任务的我只能选择发挥自己的艺术实力为你拍摄全世界独一无二的尊贵写真嘛！”我皮笑肉不笑地开始“叙述”我的所作所为。

一想到每次掀开景柏被子都能看到各种春光，以及景柏大人欲拒还休的诱人姿态，便觉得全身心舒畅万分！

要点脸！要点脸！房门口莲初突然闯入的身影，似乎在逆光之处鄙夷地对着我说教！

这两个男人还真不是一般的脸皮厚，怎么可以结伴出现在本小姐的“闺房”里呢?

幸好自己不辱使命地多次出入在景柏卧室里对他进行“零距离”拍摄取景，不然我真的是亏到银河系边界去了！

此时景柏好像挺给脸地帮我重新拉回被子，并且里里外外把我裹成一个蚕宝宝，刚想露出一张小脸在外面换几口气，就被他伸手抓来的一个枕头死死捂住脸蛋。

臭小子，想要蒙死我啊！

“你怎么出现在这里的?”景柏发问。

“呃，我以前不是常常出现在总统府吗?难道你以前见到的都是鬼?”尽管被枕头捂住了脸，然而与生俱来的洞察能力，却让我能隐约感受到现场的高调气氛。

“总统大人，莲少爷，四国会议即将开始，请二位随我入场。”这是突然出现的第三个人，嗓音沉稳浓厚，他应该是那位上了年纪的总统府特级

管家吧。

“好的。”我脸上的力道似乎轻了一些，动用我六成力量，我嗖地移开脸上的枕头。

璀璨的星眸凌厉地望向我——

景柏俯下身子，温柔的气息扑散在我脸上，痒痒的，却惹人心跳。

“如果你不想现在起床跟我们一起入场的话，就乖乖躺在床上别乱动，否则我不敢保证你会不会被其他三国一同前来的保卫人员当‘特殊人士’现场枪毙！”他刻意将“特殊人士”四个字放慢念出来。

好啦！我知道自己无比矫健的身躯，以及左顾右盼双眼绽放星光的眼眸……会让那些头脑过于灵敏的武装人员直接把自己当成偷袭人员抓起来，可是他也不要这么“好心”地一次又一次提醒自己好不？

嗯嗯，我艰难地点着头。

绽放出满意的微笑，他从我床边离开，右手攀上莲初的肩膀就连推带拽地把他送出门口。

“呼——”终于安全了！

我一个鲤鱼打挺从床头翻了起来，踮起脚尖听了听屋外已经没有其他声音，便飞快锁门，然后走到书架上的暗阁里挖出昨天刚让某位萌死人不偿命的小执事从外面书店偷运回来的言情小说。

摸着封面上霸气的纹路，我内心澎湃，终于又可以有机会恶补人家最爱的小言书了！

“啾！”在扉页上落下一个大大的热吻，我把大红色的小本本揣入怀中，飞奔回床上津津有味地看了起来——

{02}

金色中尽显时尚地夹杂着银色条纹的礼服如同瀑布般扑向地面，缀满奢华碎钻的流苏垂在腰间，胸前Ⅴ形的服装造型上是一颗晶莹璀璨的海蓝色宝石。御用造型师在我脸上继续捣鼓着，踩在高贵的黑色高跟鞋上，通

过面前硕大玻璃的照射，我整个人的气质显得跟以往哪次都不一样。

果然，世界上没有丑女人，只有懒女人！况且我还是一个自我臭美能力不低的元气少女！这套晚宴服是景柏在两个礼拜前拜托设计师为我打造而成的，全世界独一无二的华美晚宴服。

穿了别人的衣服，就要为别人做事，这是三百年来不变的真理。

海藻般黑亮的发丝挽成一个漂亮的弧度，一根做工精美的簪子斜斜地插入云鬓。

我抚了抚被特意柔顺过的秀发，一脸自信地转过身子，景柏不知何时已站立在我身后，白色的燕尾服穿在他身上显得异常高贵，不施粉黛的俊脸上，是那漂亮到爆的璀璨眼眸，他的嘴角微微扬起，望着我的眼眸微睁着，在接触到我视线的须臾缓过神来了。

“走吧！”本以为他会象征性地夸我几句，要知道天底下女人最爱听的话就是男人对自己的表扬！一定是因为在他身边的女性生物过少才使得他这么不会跟女人打交道！

不停地安慰着自己，将手环上他的手臂，我们结伴离开休息室跨入晚宴现场。

穿着高跟鞋高人一等的感觉真的很美妙，只可惜尽管拥有这么有利的工具，我的高度依旧无法跟身旁的景柏齐肩，再加上脚下时不时传来的隐隐痛苦，真是让我欲哭无泪。

硕大的宴会厅里，人不多，然而有礼节交谈着的宾客们，每一位都神秘得让人移不开视线。

其中，灵之国与神之国出席的是首相以及主席，而镜之国是四国中唯一的女王世袭国家，前来参加宴会的镜之国女王大概 40 岁不到，却依然风韵犹存，纯白色的礼服穿戴一新，简单却不失温婉。

她魅惑的紫色瞳孔环视着在场的嘉宾，嘴角不时流露出知性的笑容。

……

在我们之后入场的是莲初，他身边陪同的女伴有些眼熟，好像在哪儿见过。在记忆里走了一遍，我恍然如梦。这个女生不正是以前自己在高三A班的同班同学——柳慕嫣？

哇塞，这么温柔可人的她竟然会勾搭上莲初？两个人走在一起真是般配，柳慕嫣一身黑色晚礼服，暗黑色的羽毛裙边一直扑到地面，幸好这个宴会大厅被工作人员前前后后用各种高科技打扫工具擦拭得连粒小尘埃也没有，不然像我和她这样穿着长摆礼服来参加晚宴的女生，回去后一定会抱着已经报废了一半的天价礼服，无语凝噎望苍天！

跟着景柏在各界名流宾客那里客套了几句，我的嘴角都快笑得僵硬了。

很难想象像景柏这么腹黑的面瘫男如何在这么多名流丛中极尽绅士风范。

犹如八点档偶像剧一般，客套一结束我便在景柏的束缚中解脱，摆脱原本僵硬的姿态，我犹如放飞的小白鸽扑腾着礼服神采奕奕地穿梭在名流之间。

OH YEAH！我是穿梭在宇宙中的和平小使者。

此刻，摆在眼前的美食极尽所能地绽放着自己的诱惑，吞了吞快要倾泻的口水，我右腿一迈，继续前行！

女人一定要矜持！

美食算什么！美少年比美食值钱多了，尤其是在这种特殊晚宴下，到场的皆是各国各界浑身金光灿灿的非一般华贵人士。

在这种分秒必争的情况下，我要赶在景柏从名流中挣脱出来的时间里，飞速勾搭几个美少年，以后有事没事约他们出来拍拍写真，凑本美男系列写真也不错啊！

"Hello，苏小姐。"还未等我蓄势出动，身旁突然附上一个修长的人影，一杯冰蓝色的液体被推到我手中。

接过高架酒杯，伴随着酒杯相触的清脆声响，我把视线往上移，落到那个少年身上。

在见到少年容颜的瞬间，我整个人都震住了，要不是他适时抓住我的酒杯，现在这杯酒一定已经砸到地面上了吧?

“不知道那个赌约你进行到哪儿了？要是再不加油，你可要输了哦!”说完，他骄傲地眨了眨眼，高翘的睫毛微微颤动着。美得是那么惊心动魄。

是他!

这个人，就是我前来北之国的理由。

一位让万千少年少女视为第一偶像的神风怪盗。

往日的一幕幕在我脑海中徘徊。

{03}

时光如同倒置的沙漏，须臾间伴随着逆时针的脚印潜行，将往昔的光华重新带回舞台。

响彻云霄的机翼盘旋声来来回回徘徊于神之国最高建筑大厦顶层，一架架专用直升机在半空中探下照明灯将黑夜染成白昼。

大厦周边的街道上，水泄不通地挤满了市民，他们纷纷举着手机、数码相机、专业单反……朝着大厦顶层的那个黑点按下了取景键。

“咔嚓咔嚓”，闪光灯与半空中的探照灯竞相辉映。

银辉斜斜地洒了下来，一个修长的影子在大厦顶层的地面上站定，剪裁修身的斗篷在夜风中“哗哗”抖动着，做工精致的银色面具遮住他的半边脸蛋，只露出一排雪白牙齿的少年正举着一颗市价 1000 万元的“星尘微光”钻石项链，朝着天空中的摄像机敬业地摆出高难度姿势，引得把身子探出机舱的拍摄人员微微一笑。

顿时，在底下拿着各式掌上工具看直播的少年少女们，似要把内心的崇拜以尖叫声作为载体，刺破苍穹。

这就是他们一直在追寻着的本国最神秘怪盗，虽然银色面具遮住了他大半张脸，然而他那令人着迷的偷盗手法，以及隐约暴露在空气中的漂亮双眸，璀璨得如同银河的星系，魅惑得似要把每一位看着他的人吸入地狱深渊，就连蓄势待发的狙击手也因长时间注意他的双眸，扛机枪待命的双手也有些发抖。

“这颗星尘微光我先拿走了，期待我们下次的见面！”嘴角勾出邪气的弧度，皓月当空，他右手撑起斗篷，轻轻一抖，顿时一道白色烟雾覆盖住整栋大楼顶层，而天空中的直升机战斗小组也在同一时间乱了阵脚，探照灯来来回回地在天台上晃动着，搜寻着。

30秒后烟雾散去。

而此时的顶楼天台，却空得只剩下一片一脸痴呆状久久难以回神的特警人员。

画面跟随北斗星的指引，转至神之国口碑一等一的寿司店，你能够想象刚刚行窃完毕的高调少年，此时却能够一脸沉稳地直接转战附近的一家寿司店，进行“运动后”补食吗？而正在满天空盘旋，坐在军用直升机上的特级搜查人员正忙不迭地大开探照灯开启地毯式搜索。

美味的水果寿司被少年送入口中，他吧唧吧唧品味着香甜的寿司，满意地舒展着眉毛。

“喂！”他的进餐行动被一声冰冷的呼唤制止。

“嗯？”高翘的睫毛微颤，以昭示他的疑惑。

“你就是那个专偷名贵宝石的神风怪盗吧？”幽紫色的眼眸中似绽放着一道张狂的烈焰。少女一把扯过少年的衬衫，咬牙从嘴巴里一个字一个字挤出她的挑战信号。

“偷这种东西有什么前途，要偷就偷最好的，而世间最好的东西自然会在北之国最有权势的人手上……”

少女不知，明明是四国鼎立的基础下，为什么会从她嘴巴里蹦出北之国，可能是她过段日子就要去北之国旅游的缘故吧！

“嘿，你真的想这么做？”少年蔚蓝色的双瞳中浸满挑衅。

少女高傲地将头抬起，神色鄙夷地用下巴对着他：“当然！”她一直

都很喜欢策划有挑战性的任务。

而刚巧，他同时也很喜欢接受有挑战性的斗法！

“为期一年，明年的这个时候，我会来找你的。挑战契约从此刻成立！”少年清亮的声线冲破气流，“但是，”少年顿了顿，“在此之前，你能告诉我，你怎么会知道我的身份？而且又为什么会找到我？”

“斗法一结束，我便告诉你！”放下一句话，少女松开抓住少年领口的右手，头也不回地离开寿司屋。

“嘿，有意思。”她一定不知道自己的真正身份，其实是一位国际刑警吧？一位为了早日抓住这该死的怪盗，而不得不假扮他，引他落网的特殊刑警！

不顾身前凌乱的衣角，少年继续将视线转到寿司，眯起眼睛，享受地一个个将它们塞入嘴巴里。

{04}

“苏小姐。”纤细的指尖抚上我的脸颊，华美不似方物的脸蛋一点点朝我凑近。

“喂！你们在干吗？”景柏冰冷的声线在燥热的空间内响起。

回转视线，他眉角微蹙，杯内紫色的液体尽显波澜，不住地晃动着。

接过景柏询问的视线，身旁的少年淡淡地在我耳边吹了口气，留下一句：“混得挺好得嘛！”然后露出无辜的笑容，将爪子从我脸上移开，不动声色地转身离开案发地。

“你真了不起呢，才这么一会儿就在这里跟陌生男人调情！”景柏晃动着紫色液体，朝我逼近。

“干吗？！嫉妒啊！不过啊，你是嫉妒刚刚那个美少年还是我呢？”此刻的我已经完全忘记怪盗那张嚣张欠扁的脸，全身心投入到“调戏”总统大人的游戏里。

“哼。”他冷哼一声，将酒杯内的液体全部倒入口中。

将空的酒杯放入刚巧经过的侍从盘中，他眯着璀璨的眼眸，淡淡道：“和他们玩就真的能让你那么开心吗?”

他是想到哪里去了？我哪有和他们“玩”，哪有开心啊？我现在之所以笑得这么没心没肺也只不过是因为他——莫名地就想逗他玩一下而已啊！

距离我的脸颊仅几厘米，“呃。”他突然捏起我的下巴，朝我俯身压下。

嘴边传来温热的触感，他、他、他……跟我，现在是在……接吻?！脑海中一接收到这个信号，我的眼前便一黑，不是因为我被这突然的强吻惹得思维短路，而是这宴会厅的灯光不知被谁给掐断。

景柏右手扣着我的额头，左手搂着我的腰，而我涂了淡淡唇彩的嘴唇已死死被他堵住。他深情地吻着我，香甜的葡萄酒味在我齿间流连。

“呃！”我大力挣脱他的禁锢，“你吃过药了吗?”这家伙不会是因为吃了什么奇怪的药物，行动才变得这么诡异吧?

“没有！”他迟疑地摇了摇头。

“喝醉了?”被誉为千杯不醉的北之国总统怎么可能被几杯度数不高的葡萄酒放倒，说出去也没人信啊！

“没有。”

“受了什么刺激吗？唔——”还未发问完，我的嘴唇又被他堵住。吻铺天盖地地向我袭来，鼻尖的空气仿佛变得越来越稀薄，浑身开始燥热难耐。

幸好宴会灯火被别人熄灭了，不然自己现在跟总统这个模样要是被其他国家首脑看到，鬼知道北之国会不会因此灭亡！

胸口突然传来凉意，某样轻质物品似乎被塞入我的领口。景柏不会这么色情吧?！难以置信地睁开了双眼，他的两双手都抚在我肩膀上，而我的双手也竟然要死一样地抱着他的腰。我怎么可以这么不矜持！那刚刚究竟是哪个人碰的我领口！

思绪被这个激情的吻完全迷乱。

整个人都如失去重心般倚靠在他怀里，和着凝重的呼吸声，胸口传来“扑通扑通”的心跳声，而我的脸颊烫得似要燃烧起来。

灯光系统在维修人员诡异的神力下终于修好了。尽管现场出现了突然的黑暗，但是姿态高雅的名流却一点也未被现场状况吓到，他们依旧面色自若地行走在交际场内。

他们应该没有看见刚刚自己跟景柏接吻的画面吧？

虽然被景柏松开了肩膀，但是现在的我仍然没有勇气直接地面对景柏的眼睛。刚刚发生的一切事情都是那么难以置信，景柏竟然会——吻我？

而我，又竟然会——回应他？！

这世界是怎么了？

“时候不早了，我们回去吧！”景柏放下一句话，就牵起我的手，带领我离开这个星光璀璨的宴会厅。

被安全带领回自己在总统府中的卧室内，我已完全失去跟景柏喝小酒赏月谈人生的勇气，一回到房间就扑到床上挺尸。

身旁传来窸窸窣窣的声响，景柏为我按开空调按钮，又为我调了调温度，便踱步关上门离开我的房间。

“呼——”清凉的空气一股脑涌入我的口腔，终于走了！那个抢走我初吻的腹黑男人终于离开了！

我从床上起身，羞恼地开始回忆刚刚在宴会厅发生的一系列匪夷所思的事情。

忽然想起胸口的触感，我条件反射，飞快摸了摸自己的领口，一张雪白的纸张被折成一个心形，萧索地躺在我的胸口。

小心地将纸摊平。一行娟秀的文字出现在视网膜上。

——祝你度过一个浪漫的夜晚。

回想起被塞入纸条的时间以及熄灯的时间，两个时间近得好似在同一刻发生。

蓝迦佑！一定是那个臭美自大的“怪盗”大人，自以为是地为我掐断电源！让我跟景柏可以“安安稳稳”地接吻！

真是应该找机会好好谢谢他呢！

咬紧的牙关不由被脸颊的燥热取代！糟糕，也就是说，蓝迦佑那小子已经看到我跟景柏接吻了！

老天爷，玩我也不带这样的吧?!

{05}

四国领导人会面之后，有关全球第一学院的策划也在同一时间敲章落定。

每个国家的教育局目前都在忙碌着。

这下富人们要忙起来了，而那些渴望学习的贫困儿童也将有更多机会进入优质学院学习深造，不得不说这个第一学院计划起到了一举两得的效果。

不过，我们现在是在干吗?

北帝学院 80 周年校庆就在今天举行。景柏于前一天收到邀请通知书，一大早就在收拾行装打算跟我一起去参加。

加长版黑色房车在北帝大学部校门口停住，校门口到处放飞的热气球以及龙飞凤舞描画着“北帝学院 80 周年超级盛典”几个大字的红布条在骄阳下舞动着。每个学生都喜气洋洋地从自己的房车内出来，少女们身着时尚公主裙，踩着 10cm 高的凉鞋，“啪嗒啪嗒”迈着修长的美腿，还未到主会场就开始结伴攀谈。

景柏今天特别绅士地主动为我打开车门，害得我娇羞 45 度望天了好一阵。

我们随着指引人来到自己的校区，在特殊盛典的今天，每个系都要出一个特别的节目，自己跟着景柏混，拥有了免上课特权，已经好久没有来学院读书了，虽然学分一直在“嗖嗖嗖”地往上加，可是不上学拿学分的

行为，总让我觉得亏欠了很多。

再加上消息闭塞，一直到看到我们系出的游戏专题，我才恍然如梦地意识到，原来自己已经跟时代脱节这么多年了？

我们系要出的专题庆典游戏是什么？

那个用粉色字体一圈一圈刻画，然后边上放一个没穿内裤拿箭玩弱智游戏的小屁孩为的是哪般?!

——四日时光之恋。

6个大字很可耻地霸占了我90%的视线，而下面又用楷体字绘画了一行小标题。

——我们结婚了！

呜呜呜，学院只是80周年庆典而已啊，究竟是哪位极品策划了这等“败坏”大学生学习风气的18禁活动？

——活动规则。

凡北帝学院满16周岁的少男少女均可参赛。

为了庆祝学院80周年超级盛典的到来，我系别出心裁策划了这个恋爱大专题。每队CP（Couple缩小，夫妻）在确定游戏开始的时刻都将有专业摄像师全程跟踪拍摄，而每位准新人所需新房以及恋爱费用都将由学院免费提供。

为了彰显大学生热爱生活，提前预演未来要经历的各种人生——包括婚姻，我们要在有限的生命内以最完美的分数完成大学生的使命……

……

活动说明海报上挤满了熙熙攘攘的加黑文字，不得不说，我们系这个“四日时光之恋”的活动真的很“时髦”。

可不可以不参加啊！

超级盛典不是应该坐在大会堂看校长导师高才生等等闪亮生物拿话筒大声宣誓对北帝学院的热爱，然后美少年美少女成群结队在舞台上唱唱跳跳，底下的观众拿相机拍拍照，最后盛典结束成群结队回家睡觉……

明明盛典的发展是这样进行的才对。

为什么事实会变成眼前的这样——

人家初吻都没有——呃，那天宴会上跟景柏间的吻，是强吻！对！强吻！恋爱都没谈过，我就要步入婚姻的殿堂，要是一不小心我未来的老公十分传统，我这辈子会不会永远都嫁不出去了?

北帝学院法律系怎么可以这么不注重人权呢！婚姻法说什么来着……那个……

“喂，发什么呆啊?!”

尽管周围飘来飘去的都是穿着贞子长裙的美少女，她们捂着嘴巴按捺着内心的澎湃思绪，拿出相机“咔嚓咔嚓”对准景柏拍照取景。但是在这百花丛中，这位面瘫男依旧可以风轻云淡地不顾任何外界因素以冰冷的口气面对着我。

“听说这个活动中人气最高的3队CP可以拿到学院的高额奖学金以及超级神秘礼品欸，要不要……”我的小算盘开始飞快启动起来。

“怎么，你想参加?”有些震惊的语气。

“嗯嗯，我想报名参加——做那个默默奋斗的专程摄像师！”听说都是团队获奖，只要我跟踪的那队CP能够拿奖，我就一定可以分到一点红利！嗯，就是这样！“我看，要不，你跟莲初一起参加。你们两个看起来挺配的！”外带眼神暗示，内心猥琐地开始勾勒两位美少年在这四日的相处下从朋友爱升华成夫妻爱——扑！我现在是乔星璃附体了吧?

脑海中一接收到这个信号，我便飞快在人群中搜索乔星璃的身影，她会不会正躲在哪个鬼地方，对着我的眼睛念着那些新学不久的乱七八糟的咒语?

周围狼群里忽然爆发出热烈异常的掌声！

看来，这个世界里的腐女真是无处不在……我不由捂住脑袋傻傻地回应着同学们的热情。

“总统！总统大人！”一位举着娱乐电视台Logo的娱记涌入人群，将

话筒递给景柏。

“不知您对北帝法律系策划的这个结婚游戏有什么看法呢?”

“时代在发展，而能够影响大学生生活的节目也层出不穷，我们不能只把眼光放在枯燥无味的书本知识内，偶尔体验一下某些特殊生活，相信会对大学生……”

景柏真是泰然自若，对于这种敏感话题还能彬彬有礼地面对娱记表达自己的“看法”。

“那您的意思是，您也会考虑参加咯?”娱记肆无忌惮地开始问人民最感兴趣的话题。

“嗯?”语气有些不肯定，“应该会参加的吧!”

一句话让现场的每个人都倒抽一口气!

总统大人这么高高在上的一个人!哦不，应该是神!怎么可以甘愿坠入凡间跟普通女生玩假扮夫妻四日恋游戏呢?

北之国的未来是要走浪漫路线了吗?

“不好意思，借过借过!”几位穿着深绿色警服的人员跑入人群，带头的那个人极其敬业地挡住了摄像机。

通过警卫制造的空隙，景柏大步离开宣传栏，我也立刻迈开脚步跟随着他离开。

待到达安全区域后，我欢乐地蹦到他面前，眨了眨眼睛：“景柏，你也要参加这个游戏啊?所谓总统说的每一句话都是需要被载入史册的，你要是临阵脱逃……”话只说到一半，我就被景柏那诡异的表情震住了。

张嘴“啊”了半天——

“我忽然有些感兴趣了呢，夫人……”景柏忽而变身成花花公子模样，挑起一根修长的手指，勾起我的下颌，嘴角露出深深的笑意。

这个姿势是我曾经调戏他时用过的!景柏学习能力真强!

“嘎——”我的嘴巴僵硬了。

{06}

当我接过景柏不知道在哪个地方翻出来的学生证后，我泪流满面，在各种羡慕嫉妒幽怨仇视的表情下，以每分钟 1mm 的速度将我的拇指按在参赛合同上。

卖身契啊！这就是赤裸裸的卖身契！

虽然只卖 4 天，但是我感觉自己的整个世界将会因为我传说中的老公——景柏，而面临彻彻底底天翻地覆的毁灭性打击。

由于是一国总统的参赛合同，在盖章的同一时间，大屏幕上竟然立刻出现该合约的放大版，于是现场的各类拍摄器具统统瞬间转向大屏幕，让未来的学弟学姐以及北之国所有国民一同见证这个历史性的一刻。

“嗖！”一台标号为 27 的摄像机在一个同龄的男生肩上架起，不用想，他应该就是某位要一直跟随着我们，进行贴身拍摄的专业摄像师——北帝大学部编导系的特优生。

呃，拍摄效率真高。

我们从“主婚人”那里接过一份粉色的信封。

信封上是“任务 NO.1”的字眼。我先景柏一步，拆开信封，里面写着——

“恭喜男士景柏以及女士苏纪音于今日正式成为夫妻。”

仅仅一行字就让我额间沁出薄汗，看来制作组的复印效果也很高！这么快信封里连我们的名字都打进去了！

“请跟随活动组安排，于××路××号进行新婚定居……”

这个别墅区貌似离北帝学院不远，也就是说，在这个每一寸地皮都以万要价的地段，这个小别墅一定贵得很离谱。

“新婚愉快！”

末尾是用红色字体外加玫瑰花环绕的大字。

新婚愉快……个鬼啊！

景柏究竟想搞什么花样，才会让我一起跟他参加这个游戏?

“景柏，你没事笑得这么奸诈干吗?”一回过神来我就看见景柏璀璨的眼睛闪着异样的光彩。

“有吗?”他将脸孔面对着我装无辜。

“有！就有！不信你问别人！”我指了指身旁围成一圈的学生们。

但是！只要是我的世界里有景柏在，所发生的一切事情都是残酷的！周围的学生们没有一个有站在我阵营里的趋势，她们无不双手合十，将视线对准景柏的全身，那个邪气的微笑，在她们眼里早已幻化成既邪魅又勾魂的笑颜。

“走吧，体验夫妻生活去了。”景柏没有在意我手舞足蹈想吐露自己的悲情可又无能为力的模样，只是固执地挽过我的手，在现场一片尖叫声中，拉着我走向门口停靠的那辆装满摄像头的游戏专用车。

一不小心，我瞥见那车的车牌号是北什么A419。好色情好猥琐好销魂的号码！这辆车应该给莲初才对，怎么可以被分到我和景柏这一组呢?

不过话说回来，莲初这个花花公子会不会也参加这个结婚游戏?

如果参加，那他的“妻子”又会是谁?

真是好奇啊！

景柏依旧尽显绅士风采为我打开车门，不过可惜的是，我踏上的却仍然是驾驶座！他究竟哪里绅士了！又让我来开车！

转动车钥匙，摄像师美少年上了另一辆车先我们一步开始去勘察新房情况，虽然失去人工摄像头的束缚，但是脑袋上空悬空的硕大话筒以及挡风玻璃上方的高清自动摄像头却一点也没让我从娇羞里走出来。

要不要把脸侧过去?话说我左边的脸比右边的脸要漂亮多了……

“喂，开车不要东张西望！”抱怨男又开始发挥其应有的效果了。

我放开方向盘，向他做了个鬼脸，然后又迅速摆正身体，开始认真掌控方向。

“景柏，从现在开始我是你那个对吧，你怎么可以随便唤你的那个为

‘喂’呢?”该死，我的脸又开始发烫了！北之国的夏天真是要死的闷热！

“‘那个’是哪个啊?”景柏突然将完美的脸蛋凑了过来，严重挡住我看挡风玻璃的视线！

“明知故问啊贱人！还有，你不要突然这么……呃，主动……你没看到你脑袋后面那个摄像头啊！”

“哦，这样啊。”景柏淡淡地答道，然而回转身体，右手一提、一扯，那个做工优良的高清摄像头便向道路草丛中呈弧度状飞了出去。

“老公你太浪费了！”

“叫我什么?”他的眼眸浸满了流光，在阳光下散射着迷人的色彩。

“老公……公！”

景柏端正身体，重新摆出“双手抱胸”的姿势。

{07}

一下车，我就差点被制作方安排的小别墅门口的金色条幅刺瞎了眼睛。

热烈欢迎新婚夫妇景柏苏纪音入住新房！

北帝学院真是高调啊！难道就不怕不法分子因为知道景柏在这个地方，然后伺机前来进行什么不良行动?

不过跟我们的悲惨遭遇大相径庭的就是隔壁别墅门口，用白色横幅贴的新婚庆祝嘉言！那上面写的 CP 名字好像是——

莲初？柳慕嫣?

感觉上帝爷爷现在一定躲在哪个角落啃着玉米看着我们玩“缘来是你”游戏。

莲公子跟柳慕嫣……自从上次在宴会厅里见到他们一起成双出现，已经好久没见过他们了。

柳慕嫣是我曾经的同班同学，印象不是很深，但是潜意识里依旧记得她应该算是那种性格温柔单纯的美女，家事也不错，曾有小道消息传她父

亲是某跨国公司的董事长。

这么一看，她跟莲初还是挺般配的！不管是外貌还是家事。

“啪！”那台看着碍眼的27号摄像机又忽然出现在我视线里。摄像美少年扛着非一般重的机器专业味十足地抓拍我们两个的表情。

要不要摆个Pose什么的？

“哎呦，小音音你也在这里啊！”一道优美的声线闯入气流，莲初穿着海蓝色休闲装，朝着我们的方向小跑而来，他的身后还跟着一位娇小可人的大美女。

“景总统也在呢！幸会幸会！”他好似突然看到我身边站着的景柏，像老朋友多年未见一般将手指抵在额头上，然后轻轻一甩，耍帅打招呼。

于是，不大的庭院内，两台摄像机对准我们这两队“新人”热火朝天地拍起来。

莲初他们的御用摄影师是一位女生，栗色卷发在夏风中飞扬，看着挺高贵挺有气质的。

只是我怎么觉得现在的CP组合有点乱伦？

柳慕嫣站在莲初身后，视线却不停地打在景柏脸上，碧绿的眼珠子一动不动地闪着光华。

莲初笑如春风，将注意力停留在我痴呆的脸上，就差没伸出手来捏一把我的脸蛋，然后告诉我自己的表情是有多呆！

那两位被誉为敬业满分的专业摄像师却将视线停留在彼此的脸上，呃，那位女生有些脸红，我们这边的摄像男生也有些不知所措，连扛摄像机的肩膀都有些把持不住。

至于景柏嘛——

对于这个一来这里不是看条幅就是看庭院里的花花草草的景总统，我实在是无语凝噎。还是放任自由，让他自生自灭去吧！

极尽暧昧的气流被两只不知从哪里蹿出来的黑白猫咪“喵喵喵”地破坏掉。

萌宠一直是我的最爱，我蹲下身子靠近这两只小猫咪，它们竟然一点也没有表现出害怕的神色，只是眯着眼睛在我的手上猛蹭，一脸舒适的样子。

好可爱哦！

我一手托起一只猫咪起身，打算把它们扛回家去领养4天。

进行到一半的动作被周围无数双充满各种意味的眼神制止住。

"是我跟你结婚，还是它们跟你结婚？"景柏黑线。

"小音音，我帮你抱一只，一起进去睡觉吧！"莲初露齿坏笑。

"莲初，那我怎么办？"柳慕嫣不爽。

"不好意思啊，景太太，这两只宠物是校方打算分给你们两家一人一只各自饲养的，就把它们当成你们共同的孩子就可以了哦……"两位摄像师同时解答！

"哈哈哈哈哈，校方真体贴呢！"抱住猫咪的手毫不松懈，我拔腿就往自己的"新房"内跑！得想办法先把我的两个"孩子"藏起来，才不给莲初那个变态叔叔，以及柳慕嫣那位娇柔少女养！

小黑小白是我的！

然而——

你能够想象这个场景吗？这两只小动物在看到景柏突然伸出来的手后像四肢中弹般抖来抖去，紧接着突然用力从我手掌里蹦跶出去，攀上景柏的裤脚，一脸"纯情"地诱惑着他来抱它们！

谁来告诉我这两只生物是什么来路？

这厮不是猫！绝对不是猫！

{08}

"马桶盖"是我给最后归属于我和景柏的小黑猫取的新名字，这猫就是贱！要美少年不要美少女！

而那只小白猫被莲初强行抱走了，说要取一个华丽的名字，鬼知道他

能取出多么惊天地泣鬼神的名字出来。

“亲爱的，来睡前美容！”因为结婚大赛的最后评分标准是综合CP二人的默契度、甜蜜度以及才气……我和景柏儿压根就没什么默契可言，至于才气嘛，他的高智商应该可以平均一下我们的分数，因此我能够出力的只有“甜蜜度”，我只能不停地眨着眼睛，踹飞在景柏脚边扭来扭去的见色忘义的猫，然后从装满精华液的瓶子里挤出两滴花露水擦到景柏光滑细腻的脸蛋上。

当我的手指刚贴在景柏的脸蛋上，我就有种莫名的恐惧感，虽然他脸上的触感极好，但是隐约总觉得自己此刻在亵渎一尊艺术品。

已渐渐习惯摄像师神出鬼没地躲在各个角落拍摄我们的“亲密行为”，对于那张又迷醉又专注的脸蛋，我也只能施行马赛克处理。

“相公，来为娘子擦擦吧！”我把装着花露水的精华液瓶子塞到景柏手中，然后把整张脸都凑到他面前。

从瓶子里倒出一汪液体，景柏温柔地把花露水拍在我脸上，只是这家伙一定不明白珍惜国家资源这六个字的定义吧！他挤出的液体完全可以淹死一窝的蚂蚁！

为什么我们要在这么奢侈的别墅里用花露水来美容?!

校方好歹提供个睡前面膜也行啊！摆个漂亮的精华液瓶子，里面放的竟然是花露水，这会让我对这个世界绝望的啊！

“喵喵……”小猫咪凑着可怜兮兮的脑袋，眨巴着眼睛。

“马桶盖也要啊！”接过恳求信号，我甩了甩脸蛋，把自己脸上还未干的液体原封不动地赠与马桶盖“恩惠”。

马桶盖也随着我的动作，浑身颤抖着把身上的液体啪嗒啪嗒地向周围甩！

摸了摸自己的皮肤，感觉还是湿漉漉的，都怪这个资源浪费户给自己涂了这么多，如果他不是北之国总统，他家的财产早晚有一天会被他败光的！

我把整张脸都埋到他的胸口，用他不知要数多久才能完全总结出有几个零的衣服代替毛巾，成功擦干我脸上的“累赘”。

景柏也没有回避，只是握住精华液瓶的手僵在那里，脸上神情莫测。

而那台被扛着纹丝不动的摄像机好像离我们两个的距离越来越近了！

“老婆，一起睡觉去吧！”景柏搂过我的肩膀，另一只手从我腿下穿过，将我从沙发上抱起来，然后笔直地朝那个半开着的卧室走去。

“老公，你抱女人的动作好娴熟哦，是不是以前‘预演’过很多次啊？”预演两个字咬牙从我齿间吐出。

“有吗？你是我碰的第一个女人啊……老婆，你吃醋了吗？”这个臭小子怎么可以用这么正直的口吻来叙述这么暧昧的事实呢？

而且……我们是在演戏好不好？

为了那个该死的不知道是什么鬼东西的奖品，堂堂的总统大人竟然会跟普通少年少女一样，参加学校的脑残比赛。

不是景柏脑子烧坏了，就是此刻发生的一切事情都只是我的梦境。

走进卧室的时候，景柏松开了抱紧我的手，把我从他怀里放了下来，在我脚尖触地的一瞬间，他已经伸出右腿把那扇金色大门“砰”地关上，完全不给外面摄像小哥来一个特别的取景机会。

我不由伸出手指戳了戳景柏的脸蛋，嗯，很有触感啊，于是我又用力捏了捏他的皮肤。

呃，会痛啊！

“苏纪音，你干吗?!”

“没干吗，大不了你也捏我一下！”

他忽然俯下身子啄了下我的嘴唇。

“唔——”

他最近都是怎么了？难道他也开始发春了？虽然我们是假扮夫妻，可是关上门，他继续是那个高高在上的总统，而我，依旧做我的“清清白白”小助理。

为什么会再一次亲我?

他捏了捏我的脸蛋，没有给我任何发问机会，就拽着我的手把我带到床上。

呜呜呜……北帝学校也太专业了吧?

演个戏而已，还要把自己都赔上。

不过，这个放在床上的东西是怎么回事?

为什么要在人家要睡觉的床上放一把小刀呢? 看那闪着白光的刀尖似乎挺锋利的……校方是打算让我们拍惊悚片吗?

竟然披着一张浪漫恋爱之旅的外皮，实则干起免费做编导系最新题材恐怖大片的演员。

我飞快扑到床上把那惹眼的小刀揣入怀中。

“你藏它干吗?”景柏蹙眉。

“防身。”

景柏挑眉：“呐，拿来!”

“你……想干吗?”

“我觉得我比你更需要防身!”

神啊，让丘比特把箭统统都换成刀，干脆把我捅成马蜂窝吧!

“结婚”第一日，景柏全胜!

{09}

翌日。

当我睁开眼的一瞬间，我并没有看到夜间八点档中偶像剧里各种应该在这个时候出现的画面。

此刻的我没有睡姿优美地用手压住他的胸用脚勾住他的玉腿。

我现在一定还在做梦，把眼睛重新闭上，然后再一次张开——

硕大的 King Size 床上只有我一个人，连昨天穿的衣服都没来得及脱，呈大字状趴在床上霸占了每一个空隙。

呃，景柏呢?

昨晚明明威逼利诱地拉着我跟他一起睡一张床，怎么一大早他就不见了?

新婚第二天的一大早，我总不可能还躺在床上就开始幽幽地呼唤他的名字："亲爱的，你在哪里啊?"

在嘴巴上画了一个叉叉，我翻了个身，不负众望地在床下地毯上发现他的身体。

而此刻，他似乎也刚刚醒过来，白皙的脸上似乎还透着一层淡淡的雾气，漂亮得就似刚从仙境归来的美少年。

不幸的是，当他发现自己现在正躺在床边睡觉的时候，他脸上的表情就好像刚从地狱赶回来的撒旦。

"老公，你没事躺床下去干吗?"

"不是你踹的吗?"他有些无力地揉了揉自己细得恰到好处的腰。

"有吗，嘿嘿嘿嘿……"怪不得早上起来我的两条腿都有些酸，把他这么重的一个生物踹下去不容易吧，我可爱的小腿儿，你一定受苦了!

我叹了一口气，从床上撑起来，然后感叹万分地开始为我的脚丫进行按摩。

景柏从床下站起身来一脸怨念地眨巴着眼睛。

Oh Yeah! "结婚"第二日，苏纪音小胜——胜字还未在脑海中成型，景柏突然整个身子都朝我压了下来。

"新婚……夫妇，不早了! 快出来查收今日任务!"门外传来摄像小哥的叫喊声。

"嘿，我晚上再来好好收拾你!"在我耳畔痒痒地吐露完这句话，他起身微笑着开始整理自己的衣服，望了眼床上的自己，便打开房门走了出去。

景柏最近真是越来越不正常了!

这是我用一种很镇定很认真很专业的态度经过观察得出的结论。

换了一件卡其色的蓬蓬裙，我照了照镜子就飞快地赶出去。

茶几上是两封淡蓝色的信件。

信封上面写着“任务 NO.2”几个工整的毛笔字。

左边那封在角落里有一个小小的“A”，右边那封显示的是“B”。

“这次的任务是二选一模式，你们可以沟通一下然后随机选择一个。”屋里的“第三者”开始为我们讲解。

“你想选哪个?”景柏把视线对准我。

“可以选 C 吗?”

“不可以。”我被直接无视了，然后景柏自顾自地抽了一张信封，利落地打开，这时我飞快地把脑袋凑过去。

“用一天的时间送给对方最真诚的感动。”

这个题目——好不人性啊！这种时候不是应该在里面写上“至×××免费大餐一顿”这几个金灿灿的大字吗？策划方连早饭都不给我们吃，就让我们无条件给予对方感动。

感动个头啊！没吃早饭的本小姐死都感动不起来啊！

“景柏，是不是很无聊啊？要不你继续回总统府治理你的国家去？咱们好聚好散吧！”抛下一句话，我就开始在硕大的空间内张望，有什么艺术品可以带回自己的小公寓收藏的，刚想把爪子伸向离自己最近的一个水晶花瓶，我的行动就被景柏制止。

“我已经申请了这四日的度假，一年也只有那么一两次，你还不陪我?”

可怜的男人，就连女人产假也可以无条件休息个几个月，身为堂堂总统连游玩的时间还要向上级申请——不过他的上级会是谁？他不是这个国家最有权势的主宰吗?

“小柏柏，你说我做什么事可以让你感动呢?”说完，我的 T 恤肩膀上的布料小小滑下，露出里面细嫩的一节手臂，姐这招叫做——色诱！抹泪，为什么跟这些非凡生物待久了，自己外露的性格都会发生天翻地覆的

改变？人家以前明明是很洒脱很女王的大小姐才对！自从到了北之国以后，我觉得自己就像被别人操控一样，做出的很多事情都跟自己的意愿不符。莫非是因为过于近距离感受到总统大人的神气，才使自己身体内那些原本蠢蠢欲动的不良因子瞬间爆发？

“有你在我身边，我就觉得很感动！”

看看看看！就说人的性格会被外界因素所干扰所影响，连原本冷酷霸气不苟言笑的景柏都开始会说这种暧昧的话了，所以说，对于自己突然性格转变还是可以理解的！

我不停地对自己进行深度催眠。

“那你比较感兴趣的又是什么呢？”景柏忽然反过来问我。

“大概也许说不定就是……听自己喜欢的男生唱唱歌啊跳跳舞啊，然后有事没事一起吟诗作对赏赏月啦，当然我也不介意……”我开始肆无忌惮地表述自己对未来男友喜好的要求。面前景柏只是脑袋一低，一副“你可以去睡觉了”的表情，告诉我他是多不想继续听下去。

{10}

按照任务的说明要求，我和景柏要分头行动，通过自己对“爱人”的情感分析，在一天时间内做出一件能够让对方永生难忘感动得欲仙欲死的事情！

于是，在我们队伍里又多出一台摄像机对准景柏进行实时跟踪。

这次被派来的是一位着装清凉的 LOLI，在她初来乍到的开场中，便不难看出这姑娘是多神奇的一孩子。

这丫头没事干竟然从不知在那个角落突然多出的房梁上跳下来，幸好她抬摄像机的臂力可以跟大力水手相匹敌，否则这价值不菲的机器一定会在瞬间粉碎。

扛着一个重死人的摄像机还可以在客厅里不停蹦跶，而且她还不停地强调自己的拍摄在液晶屏里所显示的画面一点也不抖。该说这台机器质量

太好，还是她视力有问题，总之她的到来让我们的第二日表现出鸡飞狗跳——哦，我家貌似只有一只色猫，那就是“猫飞人跑”的惊悚效果。

幸好这丫头已经蹦跶着紧随着景柏的身影消失在这栋别墅中了。

不知道景柏等下会带来什么惊天地泣鬼神的东西让我感动一下呢?!不会突然抱来一个私生子然后拜托我养吧？要是真那样，我一定会被感动得要死！

好吧，不管等下会发生什么事，我现在所要干的就是怎样构思一个可以感动景柏大人的情景。

帮他抱来的私生子喂奶？换尿布……打住！不要再想他的私生子了！

我敲了敲自己的脑袋，在摄像小哥关心的视线下，开始回房构思，实则是去补眠。一个人睡一张床是我这辈子最幸福的事！

其实压根儿就不需要自己来计时，差不多当我把身子扔到床上的时候，各种梦幻画面就通过我的梦境来找我！

Zzzzz……

“老板，来碗牛肉面！”

“好的！请稍等！”

……

“热烈庆祝第八届四国美少年拍卖会圆满落幕，而本届最牛买家奖就是由这位神之国最美丽贤惠多才多艺温柔善良的苏纪音小姐获得！”

“OH YEAH！”我开心地搂住一大圈美少年，一人亲一下，然后上下其手，分别调戏之。哇哈哈哈，这就是人生啊！

“啊哈哈哈！”不知道这是现实还是梦境，怎么感觉我周围都在摇晃?

我边卖力笑边艰难地从梦境中挣脱出来，眼睛微微张开，眼前熟悉得想呕吐的场景，让我不禁绝望了。果然，刚刚所发生的一切都是梦境，自己这辈子都不会有一大圈美少年侍从来供我调戏！

春梦未果。我只能重新从床上翻起身，收拾了一下身上的衣服，然后光着脚开始屋里屋外地打电话求外援。

“小久啊，问你一个问题哦，那啥你现在收到什么东西会突然很感动?”

“烤鸡啊烤鸡——”余音袅袅不绝如缕，小久在听到我的问话时，不停“吧唧吧唧”哼哼着烤鸡两个字，2 分钟后听筒内传来母猪睡觉才会发出的呼噜声。

这妞一定是在梦游！接个电话跟失魂一样，说了两声就挂断，太不给我面子了！

于是我按下挂断键，继续求助第二位“好心人”。

“作为一个男人，你觉得当女人给你什么东西的时候，你会感到生活充裕，人生有那么点感动?”

作为一个跟景柏一样有钱有势，性格骄傲，狂妄自大微王子病患者的男性，我对他的回答充满期待。

“她对我爱得轰轰烈烈至死不渝啊，当我饿的时候可以在第一时间喂饱我——不管是用食物还是爱……”还未等他幻想完，我就把他的电话挂了！小白以前不是这样的啊?多淳朴的一个人，想当初连什么是爱都不知道，只明白黑着一张脸用功读书，围在他周围的女生不管玩什么情色游戏，他连眼皮都不会眨一下，怎么现在小白也开始好这一口了?

我周围这群生物，最近都是怎么了?

……

接下来我花了整整 2 个小时拨通了我脑海中能够记下来的几乎所有人的号码。

可是所获得的信息，差不多也只有——“食物、性感、可爱、爱我、是个女人……”这几个关键词。

整排字我差不多也只有“是个女人”这点可以对上。

我总不能就拿着这个事实站在他面前告诉他：“喂，景柏，其实你一直都没看出来吧，我比你更像女人！”然后在景柏闪烁不定的眼睛下，于未来游戏剪切效果完成后，坐在电视机前听着我这句话打算把遥控机变成

飞镖射杀我的少男少女们的视线下，剖腹自杀！

不过幸好，在这么多苛刻的条件下，我还有一点可以努力一下达到的！

那就是食物！

对！食物！

作为一位神之国响当当的吃货，自小就跟着干爹闯荡江湖，可谓品遍大江南北万千美食，我碰过的筷子叉子都比景柏批阅过的文件上的字要多！

要抓住男人的心，就必须先抓住男人的胃。这是从古至今最富有传奇色彩的真理！以食物吊住男人一生的实例多不胜数，何况我只要吊住他内心深处那一丝的感动！

“啪啪啪啪！”我又飞快按了一行数字。

电话接通以后，我交代了一下自己等下可能会用到的食材，让他们在一个小时内准时送达，紧接着便利用摄像小哥带来的笔记本，从里面翻出一系列高难度食物做法，开始默默摘抄记录！

眼前一片闪亮！当我计划好等下所要烹制的美食后，我的口水不由得流了出来。

我脑海中不停盘旋着各种食物的烹饪步骤，然后一脚踹开厨房门，在摄像小哥惊恐的注视下，迅速移动到水池边上，看着那一套不停泛着白光的刀具，我觉得自己浑身都充满热血！

眼前似乎闪现我等下拿着菜刀，把青菜萝卜切成薄片的傲人画面。

“3、2、1！”1个小时的等待时间，在我天马行空的幻想下，忽而飘走，在我开始倒计时准备接受小弟们火线救援自己的材料时。厨房左侧的玻璃窗被人移开，伴随着有些温热的夏风，一箱箱“体态优美”的食物材料被小弟们通过窗户传递进来。

“大姐大！”

“别叫我大姐大！都告诉你们要叫我小姐了！回去给我写5万字检

讨！”仅仅两句话的情感传递的工夫，材料已经堆满厨房中央的方形桌子，而前来送货的小弟们也哭丧着脸迅速转身，打道回府。

摄像小哥躲在我身后，原本捂嘴打哈欠的手突然顿住，肩上的摄像机终于不负重望地抖了抖。

“嘿嘿，他们是陪我一起玩到大的朋友，一直都把我当成老大看来着。”解释很重要啊，不能让他发现我背后那重会让景柏抓进牢里的身世。

“苏同学的朋友们都很可爱啊！”

“对啊对啊！”有时候我很怀疑这些日日夜夜被压在摄像机下的孩子，因为神经器官受到过多挤压，于是思维能力都会跟别人有些不一样。

那群人还可爱？脑子进水了吧？

强行克制住我对摄像小哥的智商怀疑，我操起一把亮闪闪的菜刀就开始为小白菜进行瘦身行动。

“嗖嗖嗖——”小白菜在我的刀工下瞬间变成一缕幽魂，悠悠荡荡地飘走。

果断取出第二棵！

艺术造型设计未果，我只能把眼光转向桌子上的一只大母鸡，幸好他们在把鸡抓到我这里的时候已经友情处理过了，否则真的很难想象，这个小小的空间会在短短一个下午内被我装饰成到处鸡毛飘洒的童话世界。

一碰触到那只鸡，我就浑身一哆嗦。

小鸡小鸡，不是我要吃你的哦，是那个景柏，就是那个北之国的总统啊！你要记住啊，以后就算做鬼也要去找他哦，到时候给你加封“皇家鸡神”的光荣称号。

你会万福的哦，鸡神君！

眼角一道蓝光闪过，我便开始继续沉浸于自己的烹饪之旅。

真有些期待夜幕快些降临，然后景柏看到自己为他所做的一切，一个激动把自己的总统位置都传给我！

哎呦，好紧张好刺激好期待哦！

Chapter 05

女王遇劫 VS 危情绯闻

{01}

月华似银丝般悬挂而下。

耳畔不时吹来几股夜风，凉凉的却很是舒服。

橘黄色的吊灯悬挂在头顶上方，在室内洒下一片温暖的光晕。

透明的方形餐桌上，摆满了色彩缤纷、卖相极为好看的佳肴。我觉得自己此刻一定是被食神附体了，不然这些五颜六色连国家五星级厨师都不一定能够捣鼓出来的菜肴，又是怎么在我的手下完成的呢？

每道菜都有着属于自己的色彩，天然营养有光泽！哎呦，脑海中连广告语都想好了，我对自己的烹饪水平多有自信啊！

“苏纪音，你是不是把颜料盘倒上去了？”景柏套着一件黑色小西装，浅银色的领带服服帖帖地打在他领口，显得英姿飒爽，魅力十足。

“哎呦，亲爱的，你怎么可以这么冤枉人家呢？”说完还可怜兮兮地眨巴着自己的双眼，其实内心早就将他瞬间缩小，然后扯着他的领子上上下下摔了无数个来回！景柏真不知道珍惜生活！要知道现在他眼前摆放的美味可是本小姐经过一个下午的精心烹饪才在此刻闪亮登场的哎！

好看的眉心微微舒展着，景柏嘴角露出一丝暖意，用筷子夹起一道菜，缓缓放入口中，咀嚼着，随后吞咽。

“嗯，这道糖醋莲藕味道不错！”

“滚！人家这道是碳烤豆腐！亏你吃遍天下美味，眼下连这么普通的豆腐都吃不出来，你丢不丢脸！喂，那个摄像的，给我亲爱的来个特写，

以后刻成光盘，我要天天嘲笑他！”露出鄙夷的脸色，摄影小哥在我的伸手招呼下，啪嗒啪嗒小跑了几步，然后将镜头对准景柏微微僵硬的脸蛋。

须臾之后，景柏不紧不慢地夹起另一道菜，咀嚼了几口，然后微微思索了片刻，道：“这个……冬瓜味道……”

“讨厌，这个是山药啦！”

“……”

景柏开始施行“食不语”策略，只是飞扬着嘴角飞快扒拉着我做的菜，仿佛刚才他对我的菜名定义完全出错的事件只是我的幻觉。

“好吃吗?”双手扣到桌子上面，我企盼地等待着他的答复。要知道这可是我第一次这么费尽心思地为异性下厨。

“这个……有点咸，那个菜没烧熟，还有这道……”口中虽噼里啪啦揭露着我制作的全部菜肴的瑕疵，往嘴里送菜的动作却一刻不停。看着他一脸满足地品尝着我亲手下厨的佳作，我不由心中荡漾着阵阵涟漪，恍惚间，我有种期待，希望以后可以与面前的这个男人一直这么生活下去。

我愿意不再游手好闲惹是生非，每天都准时在家为他煮好饭，铺好床，而他每天工作完毕，都会满脸幸福地品尝着很是普通的菜肴，然后告诉我，他很幸福。

呃，对了！

脑海中闪现出“景柏也应该送给自己感动”的信号，我用勺子敲了敲陶瓷碗，然后在一脸“你有病啊”的视线中，将右手伸到他的面前。

“你应该给我的那个……”

“哪个?”

“我有没有让你感动啊?你看我为了烧这些菜，把自己的皮肤都熬得这么粗糙了！”说完，我便站起身，凑着自己有些干燥的皮肤对准他的视线，“有没有！想当初人家白白嫩嫩，白里透红，白……呃，快点啦，告诉人家你有没有感动！哦！不用说，我知道啦，你现在一定感动得想抱住我的腿哭得死去活来吧?!”

在他一脸无奈的视线下，我继续发挥自己无与伦比的厚脸皮达人的功力，“所以说，你现在应该拿什么来报答人家呢？啊，让我想想，你现在不会是想跳钢管舞让我欣赏吧？行行行，我现在为你去准备一把扫帚，你先酝酿一下，舞台很快就……”

我一句接一句不间断地臆想，在他双手擦过我的耳际，随着两个耳塞送入耳畔，我的声音戛然而止。

MP3 里，是熟悉又异常陌生的清亮嗓音，这首歌我从没有听过，但是完美的音效，动人的歌词，以及演唱者深情的投入，每一道环节，都让我不由为它打上一百分。

美妙的乐曲声中，是景柏有些生涩，有些跑调的歌声，然而每一个字符就好似充满魔力，一字一字扣动着我的心弦。

胸口似乎被什么东西堵住了，乐曲声不断，然而我所能听到的声响，更多的却是自己的心跳。

“扑通——”

“扑通扑通。”

“扑通扑通扑通……”

那么地响，有力的音符幻化成美丽的樱花，在我身旁翩翩起舞。只是此刻，我却觉得自己的身体有些发软，明明坐在椅子上，却觉得自己已经失力许久。脸轰地一下热了起来，耳畔有些失聪，整个世界都似乎在我眼前旋转，我抓不住焦点，视线有些缭乱，然后当捕捉到那道熟悉的身影，我仿佛定了焦一般，瞪大眼睛直直望着他——

谁能告诉我！

这不是恋爱！不是恋爱！不是恋爱爱爱爱啊！

我不会爱上他了吧？

怎么可以，我怎么可能爱上景柏?!

一定是幻觉，一定是！

我恍然如梦地重重拍了拍自己的脸蛋，当我打算拍第二下的时候，我的手被景柏的双手覆盖住，他握紧我的手，贴住我的脸颊。

“你真可爱！”

柔软的睫毛扑扇在我额头，痒痒的，拨动着我的左心室。

“如果你再这么可爱的话——”他拉长声响。

“你想干吗？”我想从他的双手中逃离，可是他抓得很紧，再加上我身上莫名地觉得无力，我便只能那样一动不动地被他禁锢在掌心。

一个吻在我唇上落下，轻轻的，好似蝴蝶掠过海面，然而惊起的千万波澜，却让我的思绪久久无法回归。

原本就显得红润的脸，现在一定更红了！

我羞涩得真想钻到床底下去，他怎么可以在摄像机前面这么大胆地吻我呢？虽然只是轻轻点了点嘴唇，可是在电脑上经过后期处理，之后播放在荧屏上的效果，一定会在北之国激起万千波澜的！

“该死！”

他忽然低沉地叫了一声，景柏的脸色显得很阴郁，眉毛痛苦地纠缠在一起，冷汗从他额间沁出。

片刻之后，他的脸上长出了一小片一小片的红斑，起初还只是稀稀落落的几颗，之后却几乎覆盖住他半张脸。

我顾不上将手上的MP3绕好塞入口袋，站起身看着他的脸，紧张得不知道现在应该干什么。

“景……景柏！怎么了！是不是很难受？”

“嗯，估计食物过敏了，可是你这儿没有胡萝卜啊，为什么……”

“那个，你看到那个金灿灿的菜没有，其实……那个就是胡萝卜……”

“为什么……那个味道明明是土豆啊！”痛苦之余，他的脸色突然有些好转，哭笑不得地摸了摸我的脑袋。

“对不起，我不应该把这些菜煮得都完全变形，不光光是外观，连味道都变了！以后，以后我一定不会再给你放胡萝卜了，景柏，我们叫救护车吧！”说完，我开始划开腕上的手机。

他制止住我的动作，神色已没有起初那样的难耐，“你说，还会有以后?”

他这句话，不会是在嘲笑我吧?

“不会不会！以后我再也不会乱煮东西给你吃了！求你了，不要把我抓到牢里去啊，我还要……”

他“扑哧”一声笑出声来，“怎么不会，如果你以后再也不给我亲自下厨，我就把你关进总统府！我准许你随便给我煮东西，不管是什么，只要你烧得出来，我就吃得下去！”沉稳的口气，却让我的心脏紧张地跳动着。

我……其实是有点喜欢他的，是吗?

我在心里这么问自己。

{02}

昨天晚上把景柏送到医院急诊区，明明只是坐在椅子上静脉注射稳住病情这么简单的医治步骤，因为景柏这金光闪闪的总统地位，被医护人员把病情扩大了上万倍，无数女护士都从休息室里赶了出来，为他到处飞奔调制过敏药物。

原本应该再注射一次便可以恢复以往完美脸蛋的他，此刻竟然跷起二郎腿，舒适地躺在加护病房。

医院实在是太会浪费人力物力了！

病房外一定还有很多重症病人急需这个房间，可是却被这个脸上基本上已经没有斑点的景柏当成度假胜地，嘴巴里咀嚼着我一口一口喂给他的苹果，右手拿着一本时政杂志有模有样地看着。

由于害怕病房细菌感染，很遗憾，那位敬业的摄像小哥不得不被请出医院，回家一同修养身心去了。

伴随着一声轻微的响声，房门自动打开。

我转过身子，双目中的倒影资料传递给大脑皮层的就是，这个手里握

着一束黄灿灿的太阳花，脸色有些凝重地向病床走来的男人是莲初。

在门即将自动合上的瞬间，一双粉色高跟鞋出现在我们的视线中，随之而来的是莲初的游戏CP，柳慕嫣。

她的视线在景柏病房里绕了一圈后，从我身前晃过，直直地落在景柏的脸上。

高跟鞋尖锐的声响在室内回荡，她优雅地迈动步伐，来到景柏床前，然后俯下身子，对着景柏神色一紧，“景总统，听说你食物过敏了，不知道现在好点了没有?”说完，她抓起景柏的手看了看，随之小心地放到床上。

心中不由显得有些恼怒，这个女人没事跑来这里跟景柏搞暧昧为的是哪般?

还有，她怎么可以这么随便地摸景柏的手！她跟他关系很好吗？明明自己的“老公”是莲初，她为什么可以一脸正气地调戏别人的男人?

而那个别人还是本小姐我！

我想此刻自己一定是吃了火药，只要她再敢有什么其他动作，我不排除自己会有拿苹果揍景柏这个“负心汉”的冲动！

莲初就那么不动声色地将花放入床边的玻璃瓶里，之后转到独立卫生间里灌了点水。略带暖意的橘黄色花朵在室内迷乱着我的视线。

将视线转到莲初脸上，才发现莲初此刻正死死地盯着我，他的嘴角微微扯动着，似乎想跟我说什么，然后当视线一接触到柳慕嫣时，他又忽而将视线从我身上转移，重新恢复他原本风流潇洒的本性，一屁股坐到景柏怎么看怎么不像病床的豪华大床上。

莲初用双手紧紧抓住景柏的手，声音悲怆地冲着他哭诉着：“小柏柏，你这是怎么了？哎哟，才多久没见啊，脸就憔悴成这样啊！是不是这几天小音音对你很绝情啊！都说了嘛，小音音不要你，你还有我啊，笨蛋！”说完，还伸出右手在景柏的鼻梁上轻轻一刮，我顿时觉得浑身冰凉，不适的感觉一阵一阵从内心涌了出来。

莲初永远都是那么恶心死人不偿命！

景柏被他调戏后，脸上也显得很是厌恶，用杂志在莲初脑袋上轻轻一砸，然后直起身子，按下紧急呼叫键。

“喂，你想干吗?”我问道。

“我想现在就出院。”

也是，原本安静的病房被这个大少爷打扰，脑子正常的人都不会愿意继续在这里待下去。

“亲爱的，你怎么可以这么嫌弃人家！”莲初一把鼻涕一把泪，抓紧景柏的两条腿死命摇晃着不肯松手。

景柏一脚把他踹飞，一下床就拨通电话，走到门外面不知道跟谁聊天去了。

柳慕嫣在他走出去的时候也跟了出去。女王样的姿态，让我气不打一处来！小三！她绝对就是那个遭万人唾弃谩骂的小三！丫的，竟然在“原配”的面前，做出这么赤裸裸的事来！

就在我想跟着他们跑出去的时候，莲初突然在我耳边沉沉交代了一句：“小心这个女人！”然后领口被塞入一个小小的黑色物体，不知道是什么东西，我也懒得拿下来。

而几乎在同时，莲初竟然体力不支地倒在地上，在倒地之前，从他的瞳孔中我看到了惊恐、痛苦、绝望以及疼惜……

“喂，莲初你怎么了！”我摇晃着他的身体，可是不管怎么喊，他都没有再动过一下，用手探了探他的鼻息，呼吸很弱。

景柏怎么还不回来?

我跌跌撞撞地赶到床头将床边的紧急呼叫按钮再次按下。

同一时间，门被再次打开，像面临救世主一般，我的视线落在门口，可是进来的却只有柳慕嫣，在看到倒地不醒的莲初后，她的视线一紧，在望见我的眼光后，便紧张地赶到莲初身边，蹲下身子将他从地面扶起。

“你知道他是怎么了吗?”柳慕嫣此刻的表情就好像已经经历过莲初这

种状况，神色丝毫没有像我这般波澜，我只能把希望寄托在她身上，如果在她跟莲初相处的这段日子里，她面临过现在这种状况，那么，她是不是有能力把莲初从昏睡状态救醒?

我屏住呼吸等待着她的回复。

“啊！一定是昨晚的病又发作了，可惜药放在车上了还没来得及带上来，要不你跑下去帮我找上来吧，我在这里陪着莲初。”说完她从名牌包包里掏出一把车钥匙给我。我点头答应，接过钥匙便飞奔出病房。

景柏不知道去哪儿了，室外也空空的，毫无他的踪迹，本来还想跟他交代一声，哎，不管了，救人要紧。

莲初这个家伙以前怎么没告诉我自己有这么种古怪的病，下次等他醒过来，我一定要好好骂他一顿！

电梯在飞速下降，狭小的空间内，燥热难耐，肺部里的氧气似乎也越来越稀少。

“叮——”电梯终于在地下一层停车场打开。

手指一按下汽车控制键，不远处一辆火红的跑车在静谧的空间忽而发出尖锐的声响。

我朝着那辆车小跑过去，打开车门，我在车厢内的储物柜里里里外外地翻起来。

餐巾纸，梳子，香水……到底药在哪里?

就在我发现一个小小的看似药物储藏盒的瓶子时，我不由舒心地一笑，终于找到了——可是脑海中的喜悦还未完全绽放，鼻尖就被一块湿热的白布捂住，在嗅到一丝奇异的香味后，我全身发软，小瓶子从我手掌中翻落。

我失去重心跟随瓶子一同跌落在车厢内。

{03}

脑袋里空空荡荡的，好像被人抽空了一般，我艰难地睁开眼睛，在接

触到从窗户外迸射而入的一道光线后又迅速将眼睛合上。

头好痛，身子好痛，眼睛也好痛。

在对自己身上的疼痛确认了一遍后，我最终还是将眼睛缓缓睁开，从起初的不适到之后一点点适应。

视线上方忽然出现一道阴影，眼角微微下移，我看到一双粉色的高跟鞋，这个款式，如果没记错的话，应该是——柳慕嫣的。

脑袋向上抬了抬，我看到柳慕嫣此刻正一脸高傲地俯视着我。暗黑色的裙角在气流下浮动着，好似恶魔举着权杖朝我诠释着自己的地位。

视线从她身上转移，我现在所在的地方好像是一个废弃的仓库，暗棕色的泥土堆积在不远处的墙角，空气中仿佛还夹杂着潮湿粉尘的味道。

脏兮兮的吊扇在脑袋上方旋转着，传出吱呀吱呀的声响，好似一不小心这部吊扇就会失去重心，砸到我的身上。

几只猎鹰从窗口晃过，落下尖锐的叫声，在空旷的仓库内久久回响着。

“嘿，终于醒了……你好像一点也不好奇这里是哪里啊?”少女将双手环在胸前，神色鄙夷地盯着我的脸。

“你是谁?”这个人应该不是柳慕嫣才对，从今天忽然出现在病房所做出的一系列不符合她性格的行为，我就开始怀疑她可能是受了什么蛊惑或者她压根儿就不是柳慕嫣本人。印象里，我所认识的柳慕嫣应该是那种性格安静待人友善的小淑女才对，可是面前的事实却让我不禁开始对自己的想法产生疑惑。

“我是柳慕嫣啊，怎么，你不认识了?”烈日的光辉圈在她身上，仿佛架成了一道璀璨的虹光，向我昭示着她的完美。

“莲初现在怎么样了?”如果这个就是柳慕嫣的话，那现在又是谁在照顾莲初?他没事吧?

“放心吧，他死不了。可惜了，因为他刚刚又一次背叛了我，所以等下可能会受到一点小小的处罚哦。”双眸调皮地眨动着，她的声音从不悦

转至平缓。

背叛?

他们两个究竟是什么关系，又是发生了什么事才让柳慕嫣觉得莲初现在是背叛了他?!

现实让我越来越怀疑自己的智商是不是被马赛克处理了，怎么越想理清思绪，自己的头脑就越会变得混沌?

凝重的气流中，吊扇依旧在卖力地转动着，可是落下的声响却让这个空间变得越来越燥热不堪。

身上没有任何外物束缚，可是内心的焦躁却让我连站起身的欲望都没有。

“怎么，好奇了?好奇我从那天晚宴中就忽然出现在莲初身边，做他的女伴?”

我没有力气回复她，只是死死盯了她一眼，然后悄然低下脑袋。

而柳慕嫣在我这个毫无询问欲望的动作下，忽然兴趣盎然地开始主动解答我脑海中的疑惑。从她温柔却浸满残酷意味的话语中，我终于明白了，这几日发生的一切匪夷所思的事情，都是由她而起，只因为她——妄想俘获景柏以及莲初的心。

总有那么一段回忆，不仅仅属于你，亦属于别人。总有那么一段回忆，你永远也看不破，而事实的真相，往往只有上帝才明白!

{04}

时间的齿轮倒转，咔嚓咔嚓，一直旋转回苏纪音第一次遇见景柏以及莲初的时光。

那段时光，有汗水有欢笑，浸满热血却也美好万分。

只是每个人的视线一直都停留在苏纪音、景柏、莲初这个豪华阵容里，却忽略了躲在角落里，将计划表散落一地的——柳慕嫣。

时间的沙漏继续倒转，细密的流沙向沙漏的中点飞快流逝。

——从很小的时候，她的梦想就是嫁给有权势的人。

拜金主义并不是与生俱来的，每个人在出生的时候，纯洁得就似一张白纸，然而又是什么将这一张白纸染色蹂躏，直至白纸失去本色?

那是一个樱花盛开的春日，她永远都不会忘记，那天她拽紧母亲的手，怀着期待又紧张的心情，一路上都向母亲询问着新爸爸的爱好、样貌，以及未来会不会不喜欢自己。

母亲只是不停地给予她温暖的笑容，在漫天飞舞的樱花隧道中，抚了抚柳慕嫣——哦不，那个时候，她叫江慕嫣——的脸颊，“嫣嫣，从今天开始，你就会拥有每个女生梦寐以求的所有东西，以后你想要什么都可以哦……”声音在这里戛然而止，耳畔花瓣飞舞的声响似乎也因眼前某位身着名牌却神色鄙夷的人的出现而消失不见。

“玥玥，你看又有不知廉耻的女人要到我们家来蹭饭了呢?”

脸上是被时光雕刻过的痕迹，这个女人是家里男主人的亲姐姐，从男主人唯一的亲生女儿刚出生的时候，她就从自己的小破房里搬进亲弟弟市价十几亿的豪华别墅，而男主人的女儿——也就是江慕嫣未来父亲的亲生女儿，正是站在她面前，身为正房遗腹子的柳玥华。

柳玥华的年龄看起来跟江慕嫣很相近，只是身上漂亮的公主裙却片刻在她们之间画上了一道象征着不同身份的无形分割线。

或许因为一出生便没见过自己的母亲，世间又有哪个女人会比自己的亲生母亲更爱自己，更愿意悉心教导自己?父亲虽然给柳玥华请了很多有口皆碑的私人教师，可是自己生活的环境以及性格从很小便被身旁这个爱慕虚荣的姑姑感染。

从懂事那刻起，柳玥华就认定，只要是出现在她父亲面前的女人，图的都是她家的钱，而童话故事里的继母永远都不会让小公主获得幸福。

因而自从父亲三年前带领第一个女人进家门的时候，她就开始大闹，在姑姑的悉心“指导”下……还未到第三日，那个姿容曼妙的年轻女人，

就被她和姑姑一同赶了出去。

以为这种日子不会再来，可谁知三年后的今天，竟然又将历史重新上演。

不过幸好，比起年幼时的不懂事，如今年龄已经到了12岁的柳玥华理智开始渐渐成熟，脑海中忽然有种想要妈妈的冲动，只因为每次在跟同学介绍自己家庭的时候，妈妈两个字，永远被她掩埋成禁忌，她不想再这样下去了。

她想要一个妈妈，哪怕只是一个头衔。

只要她在外面能够大声地告诉自己的朋友，她也有一个妈妈，那便够了。

哪怕这个女人图的只是家里的钱——

因为父亲已经很久没有那么心动过了，她不想因为自己再次的任性，让父亲永远都无法再遇到一位自己中意的女人。

她想要父亲幸福，因为父亲已经赠与了她这么多年的爱，而她，也应该爱他，报答他才对啊！

柳玥华忽然露出白白的门牙，踏着金灿灿的公主鞋，从姑姑的手中挣脱，来到新妈妈的身边，将小手抓着新妈妈略带厚茧的手掌，灿烂地微笑着。

刺眼的阳光在江慕嫣的眼里一点点淡化，她的视线中，此刻只能容得下面前这个一直开心微笑着的柳玥华。

柳玥华跳到母女俩面前，扯着大红色的裙角呼啦呼啦旋转了几圈，裙角在空气中变成蓬蓬裙，她可爱又调皮地冲着年仅9岁的江慕嫣伸出小手。

“妹妹你好，我叫柳玥华，以后会是你姐姐哦……”

“欢迎进入这片城堡，美丽的公主！”

在姑姑有些震惊的表情下，以及江慕嫣妈妈欣慰的笑颜下，这对重组家庭在这一刻幸福落成。

{05}

从未奢望过如此梦幻的生活，却真真切切地在自己的人生中上演。

每天都能够在无数仆人整齐的“二小姐”中，跟姐姐柳玥华一起，吃最美味的食物，穿最漂亮的衣服，然后在原本所念普通学校同学们羡慕的注视下，骄傲地步入一辆豪华的房车，转到北之国最闪耀的学院，北帝学院——小学部。

妈妈和新爸爸相处很愉快，自己也跟姐姐一样拥有一个漂亮的独立公主房。

原本应该就这样无忧无虑地生活下去，可是姐姐的姑姑——也就是自己一定意义上的姑姑总是摆出一张厌恶的表情盯着她。

在表面上，她表现得跟她很亲，时常把离自己很远的佳肴夹给她和姐姐吃，可是背地里，她总会把自己塞入仆人手里的衣服重新丢给江慕嫣，然后恶狠狠地告诉她：“你没有权利在柳家吃白食，这种事情本来就应该你自己干，你以为自己真的跟柳家正统的大小姐柳玥华一样，生来就是公主？嘿，脸皮别这么厚，柳家养的狗也比你地位高！你还是快点做点事长点脑子，然后趁早醒悟带着和你一样不要脸的妈妈，一同滚出柳家！”

漂亮的裙子被她踩在脚下，那个应该被她唤为“姑姑”的女人，此刻正把她看成外面的野狗一样，将所有不堪的言语丢给自己，在脚下的裙子被她划开一道大大的口子后，她留下一句“这种贵族人才穿得起的衣服不适合你穿，你还是去外面捡别人的衣服穿吧！”之后摇晃着她肥硕的酒桶腰，趾高气扬地离开。

在之后的一段日子里，柳家的仆人们似乎也被那个女人收买，跟着她一起明面里一套，背地里一套，在姐姐和家里人都没看到的时候，她们甚至会从她的口袋里、书桌里肆意搜刮父母和姐姐送给自己的礼物，“可怜的小狗，这么珍贵的东西不适合你戴哦……哎呦，怎么会这么不小心掉了呢，你的妈妈会骂你的哦！”在她房间里值钱的东西越来越少，而在柳家

的待遇似乎连自己跟母亲挤在那个小破房里过的日子都不如。

她想把自己面临的一切都告诉母亲，可是每当看到母亲和新爸爸在阳光下坐在椅子上一起饮茶的幸福画面，她的心口不由得被什么东西堵住。

既然无法改变身边的环境，那就改变她自己好了！

跟姐姐一样，她也希望自己的母亲不要再陪着自己到处奔波，好不容易有这么一位爱她的男人出现，她不能因为自己的近况而让母亲再次失去幸福的权利。

在“姑姑”的折磨下，她一点点成长着。

在那个女人的眼里，她就是一只讨人怜爱的小狗，只要她愿意，随时都可以弄死她。那个女人可不想家里因为多了这么两个女人，而让自己未来所继承的财产大幅度缩水。

柳家的东西怎么可以白白送给别家的女人！

只是这位爱慕虚荣的姑姑一直都看不破，这位柳家二小姐在她的“教育”下，已经犹如一只闯破炼狱的孔雀，在残破的羽翼下，拥有着一颗已经被狱火锤炼过的内心。

她想跟她斗！那就来吧！江慕嫣在跟她暗地里斗争，可是一次一次被弄得遍体鳞伤，然后又一次一次在雨幕中站起身来，向老天宣誓：总有一天，她会变强！

压抑了许久，她变得越来越爱慕虚荣，惊觉自己最好的境遇就是未来能够嫁一个拥有至高权利与财富的男人！之后便能以女王的身份，狠狠踩在那些平日里看不起她的人身上！

在到北帝学院就读的时候，她一直都在留意身旁的潜力股。

而景柏以及莲初的出现，让她觉得自己的未来是可以闪耀的，不管是哪一位，只要能够做他们俩的女人，那么，自己从小就一直积蓄的梦想，便能很快实现。

她花了重金在自己的脸上和行装上，每次有他们的晚宴，她都会借用一切方法出现在宴会厅上，以引起他们的注意。

可是这么多年来，没有一次成功。

他们的视线永远都是落在其他地方，有时候是对政治改革的思索，有时候是对经济变革的焦虑……

但她却没有感到一丝不适，因为只有这样的男人，才能给她万年不变的傲人地位。

直到——苏纪音的出现。

{06}

苏纪音的出现，让柳慕嫣颠覆了以往景柏和莲初眼里容不下任何女人的信念，以为自己永远都没有走入他们世界的机会。

可是她的出现，却让景柏的脸上突然挂上了一丝以前从未出现过的波澜。莲初跟她睡在同一间卧室里，虽然他是躺在沙发上，她是睡在床上，在这种不远不近的距离中，她竟然还能够听到，在深夜从莲初口中惊呼的"苏纪音，小心！"

对，小心！她倒要看看，那个苏纪音会有多小心！

那日忽然以莲初女伴身份出现在宴会厅里不是偶然，而是蓄意安排——更确切地说，应该是蓄意要挟。

在多年的策划中，她用父亲送给自己的度假村、岛屿、酒店等地契贷出价格不菲的一笔款，通过手下培养的经济智囊团的帮助，一点点买下莲初家庭主企业的控股权，几年下来，她所拥有的股份已经超过百分之五十，也就是说，她有经济实力作为莲初家庭主企业的幕后董事长，也有权利在弹指间摧毁这个即将到手的企业！

那一日他找莲初谈，起初他压根儿就不想搭理她，而当她拿出那沓签约文件后，莲初在看到合约上"莲式集团"四个大字后，终于开始正视她。

柳慕嫣要挟他，如果他不跟自己在一起，她就将手上所有的股份卖给莲式企业的死对头，SE 公司。

合约一旦签下名字、盖好章，莲式企业就会瞬间失去这个耗尽心思经过几十年打造的主公司。

那么，他们公司的上千员工都会在一夜间失去工作。

“你觉得我会在乎吗?”莲初冰冷着眼眸，问道。

“那你觉得这份资料又会不会让你在乎呢?”柳慕嫣递上一个文件袋，而袋子里装的是——

莲初从文件袋里掏出一沓资料，他的眼神一点点黯淡下来，从起初的震惊到之后情绪稍稍平复，然后是长时间的沉默。

“你说，苏纪音的身世资料一旦曝光，会怎样?”柳慕嫣妖艳的瞳孔下琉璃着魅惑的光。

“你究竟想怎样?”莲初开始放弃最后一丝希望。

“很简单，让我做你女朋友。”

在苏纪音不断出现在景柏以及莲初身边时，柳慕嫣就已经默默开始侦查起她的身份，没想到绕了无数个弯，耗时许久竟然让她发现这样一个不禁觉得老天爷都在帮自己的结果。

文件一旦曝光，就算景柏再怎么保护她，她都会因为社会的舆论而被关进监狱里，获无期徒刑，甚至枪毙。

这样一来，她至少还能够拥有一个男人——就算比不上景柏那样傲人的地位，莲初的身份一样可以让她在未来抬起头来。她不想再被柳家所束缚，她要挣脱！要蜕变！

……

之后他们出现在一系列公共场所都情有所依。

柳慕嫣要挟莲初要一直在她身边，否则她不敢保证手上的这份资料不会不小心流露出去。

但是，女人的野心永远不能用一两句话可以定义。

成功拥有莲初后，她把视线落在了高高在上的北之国总统——景柏身上，要么就不做，要做就做最大的！而北之国最高的地方，便是景柏的身边——景柏夫人的位置。

她开始将目标转向景柏，计划通过莲初的身份一点点走近景柏的身边。

与莲初扮演 CP 一起参加“恋爱四日游”的活动，为的只是加快自己的步伐，哪成想莲初一次又一次挑战她的忍耐力。

她在他身边安插了很多眼线，并命令他们在莲初打算跟景柏、苏纪音“通风报信”之时立刻制止，不管用什么方法。

后来一直演变到在莲初身上注射药物甚至植入语言探索器。

只要语言探索器一接触到莲初的告密声波，他便会被瞬间麻痹，直至昏迷不醒。

正因为如此，莲初今天才会忽然倒地不起。

而不知道为什么，景柏今天又仿佛察觉到一丝危险信息，在柳慕嫣一来的时候，就跑出去打电话通知特工人员到医院接苏纪音回总统府。

要是被他们成功逃脱，一旦到达总统府，她的计划就要统统泡汤了。

于是，柳慕嫣打乱原本的计划，提前派人把苏纪音迷晕带到这里。

她需要快些解决掉这块阻碍她走上未来女王宝座的绊脚石！

{07}

柳慕嫣的过往如同一把枷锁拷住了她的现在，在听她缓缓道来真相的同时，我亦不由开始渐渐走入她的曾经……

我有些难以置信，在这个外表看似温柔内心却极其残酷的女人的背后竟然还藏着这么一段让人怜惜的身世。

“不要露出那种同情我的表情，我很幸福，现在是，回来更会是这样！最起码会比你幸福！”她大声向我责难，眼角流入出骇人的神采，“知道我为什么要告诉你这么多么?”

我摇了摇头。

“因为，你很可能活不过今天了哦！”放下一句话，她向后退了一步，

然后犀利的视线转至阶梯口，随着她一个轻巧的手势，我似乎可以感觉到室内的尘土都开始飞扬，逆光处，涌进来一群人，他们纷纷露出强健的肌肉，在柳慕嫣命令的视线下，向我逼来。

“你知道，为了得到景柏的心，我付出了多少吗?”

“而你！而你又付出了什么？为什么仅仅几天工夫，你就可以让两个这么完美的男人爱上你！凭什么！”她的神色越来越凝重，眉间也聚起一道弯，而吼叫着的红唇似乎要把我吞进肚子里去。

“为什么女人只要一扯到男人问题就会放弃一切道德伦理，变成你这副德行?”我不禁发问。

“那也要看让我变成这样的男人，是不是值得我这么做!”

“不值得!”

“嗯?”她疑惑地哼哼。

“他们，不值得像你这样的女人爱!”

“……”她沉默了片刻，然后大喊一声，“帮我好好调教她！让她明白惹到我会有什么下场!”

“是!”

殴打铺天盖地地袭来，起初我还有力气站起身跟他们战上几个回合，可是药效还没有完全消失，几乎没抵挡住多久，我全身失力跌倒在地面，顿时脑袋上、身上、脚上……疼痛从身体四面八方袭来。

我的视线有些模糊，只觉得浑身都黏糊糊的，眼睛已经被鲜红的血液所迷乱。

——可是，我喊不出来。

疼得都没力气发出声来。

这辈子都没有这么痛苦过，感觉死神正一点点向我逼近，大概再那么一会儿，就那么一会儿……我就可以去见天国的父母。

没错，虽然我是神之国第一道馆家的大小姐，并且知道父亲曾有一段不堪的过往。可是除了道馆中几位特级管事外，根本就没人知道我是被我义父捡来的！外界都以为我是他的亲生女儿，可惜事实并非如此。

但是我很爱义父，因为义父从小就把我当亲生女儿看，只要有好的东西都会派人送给我，并且养育我长大，教会我在这个适者生存的世界里如何发光发亮，他告诉我，只有强者才能拥有这个世界。

他也告诉我，我的亲生父母因为一些原因已经离开了我，而他将会是我最亲的亲人。

我很爱很爱我的义父，全天下除了我未见面的父母外，我最尊敬的就是义父——那个给了我现在一切权利地位的男人！并且教会我什么是爱的男人！

嘿，堂堂神之国特级道馆大小姐，此刻却要死在这么一个该死的女人手下，要是未来被义父知道，不知道又要嘲笑我多久。

对不起，父亲。第一次这么叫你，或许，也是最后一次叫你——

我的思绪开始一点点紊乱，口腔里浸满了血液的腥味。

身上的疼痛忽然间消失不见，我扑倒在地面上，艰难地从地面上抬起视线——

一把亮闪闪的黑色枪支正被柳慕嫣举在手中：“再见了，苏纪音。”

“砰——”

我绝望地闭上眼睛，看来一切都要结束了。

然而，等来的却是一道熟悉的、让我泪水不禁滑落在血泊中的声线。

“柳慕嫣！快放下枪！”

景柏……

这是我昏迷在血泊中脑海中徘徊的最后两个字。

{08}

“砰——”转角处的铁门被景柏一脚踹开。

他焦急地跑进仓库，在见到柳慕嫣举着一支枪对准苏纪音的那一瞬，他觉得自己全身的血液都在沸腾。

心脏也跟随着自己浑重的呼吸声猛烈地跳动着。

他不敢相信，两个小时前还在自己病床边活蹦乱跳的苏纪音，此刻竟然昏迷在血泊里，那些流动着的、快要焦灼他视线的血是她的吗?

该死！他恨不得此刻就跑上去弄死这个把苏纪音折磨成这样的女人！

在两个小时前，他还悠闲地躺在病床上，而莲初的到来让他的思维发生短暂的混乱，因为在莲初抓紧自己的手撒娇的时候，他的手掌处传来了略带急促的触感。

“音危险”三个字被莲初悄悄在景柏手掌处划下，景柏了解莲初的性格，在莲初越加潇洒欠扁的行动下，往往都夹杂着他愈加焦虑的心。

床上的景柏一接触到这个信号，便立刻起身想打电话派特工人员立刻到医院把苏纪音保护起来，可谁知——

当自己重新回到病房时，看到的只是无数医务人员围着那张病床对准莲初进行心脏复苏。

只是短短几分钟，却发生了这么多事情?

苏纪音呢？她又到哪里去了?

景柏开始在医院里狂奔，寻找她的身影，尽管脸上的红斑因为静脉注射时间超过又一次覆盖他的皮肤，附带着万般不适。他璀璨的眼眸在一点点黯淡，好像很快，很快，他就要失去她，永远失去她。

脑海中一接触到这个信号，他就开始往自己的病房赶去。

此刻，莲初已进入半昏迷半清醒状况，景柏还未冲到莲初床边，病床上竟已传出微弱的声响：“苏纪音呢？她……在哪里?”

“不见了……”景柏有些哽咽。

“快！我刚在她领口塞了一个微型跟踪仪，这是我的手机，根据上面的路线你就可以找到她了……快！”莲初从口袋里掏出自己的手机，把它递给景柏，在景柏还未接过手机时，他再一次陷入昏迷。

手机从被单上滚落，跌落在地面，发生清脆的声响。

景柏抓起手机，按照上面GPS的指示，边打电话派人员前往，边自

己飞身从病房内跑出。

在无数医护人员的惊呼下，他的身影已在医院内消失。

从医院朋友那儿借了一辆跑车，景柏踩下油门就往苏纪音所在的方向赶去，一路上闯了很多红灯，在甩掉无数辆警车后，他终于来到了这个地方——这个苏纪音所在的地方。

只是当他看到倒在血泊中的她，身上一直蔓延着的疲惫感已经瞬间消失——

“柳慕嫣！快放下枪！”他大喝一声。

“你……你怎么会找到这儿的?”柳慕嫣举枪的手有一些颤抖，内心开始显得急躁害怕，可是一旦想到如果因为这件事情而让自己失去所有，她开始不顾一切地抓住最后一根救命稻草——

“如果你不想她死的话，就放马过来吧！”

她把枪口对准已经陷入昏迷的苏纪音，眼角流露出来的是无畏，是孤注一掷。

“你究竟想怎样才能放过她?”

“娶我！”柳慕嫣的双目中流露出的好似对未来的憧憬，当她穿上全世界最漂亮的婚纱，挽着身为北之国总统的丈夫的手，一步步走向璀璨的女王宝座，那个时候，她一定是这个世界上最幸福的女人。

就算没有爱，她也愿意把自己的一生都寄托在那个闪耀的女王皇位上！

“只要我娶你，你就会答应放过她?”景柏一点点向柳慕嫣靠近。

“对！”柳慕嫣把视线落在景柏身上，她迎来的好像不只是一个完美的男人，更多的是一个环绕着金光的可以改变她未来的皇冠。

为了救苏纪音，景柏竟然要答应自己娶她的要求，竟然会为了苏纪音……她的思绪有着片刻的不安，然而更多的却是被内心莫名的喜悦所覆盖。

不管他为的是什么，只要她想要的东西到手了，那么一切的一切都不

再重要！

景柏忽然握住她的手，她有些震惊地望着他，“柳慕嫣，如果我娶你，你会幸福吗?”

“嗯，会的。”好似受到了蛊惑，柳慕嫣痴迷地看着他完美的容颜，手上抓抢的动作也有些松动，而正凭着这一刻，景柏飞快夺过她的枪，在柳慕嫣一脸难以置信的表情下，以及周围五个大汉蓄势以待的神色下，破旧仓库的挡风玻璃被人砸开。

无数个穿着特级警装的防爆人员从窗口跳入，稳稳地落在地面上，然后动作毫不迟疑地开始解腰间的安全绳扣。

情形忽然之间急转，没过多久柳慕嫣那几个神色傲然的手下被景柏带来的人员收服，在柳慕嫣被防爆人员铐上手铐时，景柏忽然身子发软，蹲在血泊里，撑起苏纪音的脑袋。

“苏纪音！你怎么了！快醒醒啊！苏纪音！”他拍打着她的脸蛋想把她叫醒，可是任凭他怎么呼喊，怀里的她却好似一点也没有苏醒的迹象。

救护人员很快就赶来，迎着景柏抱紧苏纪音飞奔到车前的身影，动作利索地把她抬上急救架。

{09}

消毒味飘洒的病房内，经过一番抢救仍然生死未卜的她被挂上了氧气罩，浑身都包扎着白白的纱布，因为失血过多而面色惨白的苏纪音映在景柏眼中。

他坐在病床边的凳子上，双手捂紧苏纪音的右手。掌心里是骇人的冰凉，他开始恨自己，恨自己为什么就没有一双温热的双手，可以温暖她！

他的血液不停地涌到胸口，而身体上的温度却降得越来越低。

桌子上的仪器上显示病人的心跳频率很缓慢，慢得好似没有。

好像只是在小小的一个呼吸下，他就会失去她。心中这种不堪的想法越来越强烈，强烈到他开始怀疑，病床上躺着的苏纪音已经……已经……

时间恍然掠过，景柏掰着手指算着天数，她已经昏迷了三天了，一直都没有复苏的倾向。如果在往常，他一定会发觉三天的时间过得就跟三秒钟那么快，可是现在，他的心却开始隐隐作痛，这三天让他感受到了自己这辈子从来没有经历过的情绪。

焦躁，自责，眷恋……

这三天，他抛下一切政务来到她床边，悉心为她擦拭冰冷的脸庞，然后亲手为她搓热手掌心。哪怕只能够温暖她一刻，他也愿意倾尽所有带给她温暖。

他开始告诉她，自己曾经所面临的一切，那些繁重冗长的事务……他虽然在万千子民眼中是一代骄子，可是这种傲然的地位又使他失去了多少东西。

世间会有多少人在羡慕自己这层光环时，还会同时联想到自己的苦闷?

他们不懂，一点也不懂!

身为一国总统，活着有多累只有自己知道，小时候想拥有像普通人那样快乐的童年，可是自己每天所接触的不是《国家治理手册》就是《国际法律条款》，自己明明应该拥有的童年，却被这一本本厚到可以砸死人的国家治理书覆盖住了幼时的所有光彩。

除了那一道足以划破岁月、浸入他心脏深处的光华。

那道因为苏纪音的出现，才让他开始转换自己的思想，沉浸于对领导国家人民走向繁荣富强的目标中的——

只属于苏纪音的微笑。

那件事情发生在许多年以前，那个时候，景柏以及莲初都只有9岁，那一年，苏纪音8岁。

景柏坐在病床旁，握紧苏纪音的手，将视线对准她紧闭的眼眸，娓娓道来那个改变他一生的相遇。

{10}

在那段时光里，莲初的父母跟景柏幼年已逝去的父母是挚交，因为疼惜景柏小小年纪就没有爸爸妈妈，莲初的父母就把莲初一同送入总统府，跟景柏一起学习，当他的玩伴。

两个小男孩很小就玩在一起。

原本莲初是很向往总统这么一个了不起的头衔，可是当看到下一届总统的内定继承人——景柏的境遇后，他开始不再向往这个位置。

对于景柏的同情一点点占据莲初的思想——同情他为了未来能够当一位万人敬仰的总统，在很小的时候就好像是在笼子里被禁锢的鸟。

皇室规矩折断了他的羽翼，他扑腾着残破的翅膀想要飞出鸟笼，可是总是弄得遍体鳞伤。

为了让景柏可以拥有一段快乐的记忆，莲初开始计划把景柏偷偷带出总统府，在莲初告诉景柏自己的计划的时候，景柏象征皇室的璀璨眼眸忽然之间集聚了空气中所有美丽的光彩。

“真的可以吗?”小小的景柏，吐露着稚嫩的语气问他。

“对！就是今天！只要你跟着我，我们一定可以成功从这个鬼地方逃出去。”

景柏把书桌上一本又一本自己从未喜欢过的书籍塞入书架，然后紧紧跟随着莲初的脚步，通过里应外合，短短 10 分钟内第一次在没有随从的情况下离开了这个华美得让人窒息的宫殿。

一逃出总统府门口，害怕被门口随时扫视着的高清摄像机拍到，他们飞快跳上一辆刚巧经过的公车。

两人当时不是很高，因此可免票坐车，在司机大叔慈祥的视线下，他们战战兢兢地溜到公车上最后一排的空位上坐下。

这是景柏第一次坐公交车，漂亮的眼眸扑闪扑闪地迎着公车上五颜六色的画报。

在车厢内无数道疑惑的视线中，他微微闭上眼睛，随着莲初赶到后排的空位上。

那个位置是三人坐，正中央坐着一个跷着二郎腿的小女孩，年龄跟自己有些相仿。因为没有位置可以坐了，两个人就分开坐在小女孩的两边。

隔着小女孩，他们各自透过明亮的玻璃，向四周张望着。

“喂小孩，你们是偷偷溜出来的吧?”小女孩忽然朝着他们说了一句话，语气中夹杂着一丝好奇和兴奋。

“你才是小孩子呢!”景柏开始反驳，明明年龄都差不多，为什么他要被身旁这个小丫头唤为“小孩”? 人生第一次觉得自己未来北之国总统的身份受到了挑衅!

不过，她又是怎么看出自己是逃出来的呢?

他不禁向她发问。

而小女孩只是甩着自己黑亮的长发，灿烂地笑道：“因为我也是偷偷溜出来的呀!”

一句话让两个小男孩把她当成亲姐姐一样围了起来，景柏掏出口袋里偷偷带出来的外国使臣进贡的松露巧克力，平均分成三份给大家吃。

在接过巧克力后，小女孩幽紫色的眸子咕噜咕噜转动着，然后把它塞还给景柏。

“这个你先吃，我要吃你的!”

景柏有些迟疑，接过小女孩送还给自己的巧克力后，呆呆地望着她。

而她只是看了他一眼，重新从他手里抓过巧克力，然后飞快塞入景柏口中，在景柏 1 分钟内还没有出现任何不适情况时，她才将景柏手中剩下的一块巧克力塞入口里，津津有味地吃起来。

她当然不会告诉他，她所做的一切，都是干爹教她的。

干爹告诉她，人心险恶，你一定要提防身边所有人，就算是亲人他们往往也会不顾一切血缘关系，因为某些权势欲望而置你于死地。

而这个从小便开始接触“自我防卫”术法，拥有一身武力，外表天真

明朗的小女孩就是8岁时的苏纪音。

巧克力很美味，是苏纪音从来没有尝过的味道，香浓却不甜腻，略带有一丝浅浅的香草味，芳香怡然。

她坐在座椅上，无法接触到地面的小腿在半空中欢乐地摇晃着。

她告诉他们，自己是第一次来北之国，爸爸把她管得很严，连出门逛街都派了很多人跟着她，几十分钟前她才通过跟那些跟着她的人玩“追赶游戏”而成功跳上这辆车，不知道这车开往的方向是哪里，苏纪音只想一个人自由地享受这段美好的时光。

景柏告诉她，他们两个也差不多是这种状况。

于是一股名为“心心相惜”的气流在稚嫩的三个小孩子间流动着。

苏纪音看过车标，这车有一站会到北之国最漂亮的风景区，于是她邀请景柏和莲初跟她一起去那里玩，让他们当她导游。

在车子到站的前五分钟，四周忽然传来此起彼伏的警车呼啸声。

公车停了下来，他们一齐向前方张望。

视线不远处已被设路障，无数穿着警服持着枪的人威严地站在那里，对路过的车辆一辆一辆进行盘查，他们似乎在找什么东西——或者说，是什么人。

而景柏和莲初却是一脸惨白。

他们找来了吗？这么快！

苏纪音看到他们的表情，只是轻轻握了握他们的手，告诉他们不要担心，有她呢！

由于公车停靠是不能随意下车的，苏纪音只能把目光落在车内唯一两个可以打开的玻璃窗户上，窗户不是很大，但是却足够他们三个娇小的身躯从这里翻出去。

她向他们示意，先把手中的包从窗户里丢出去，然后双手一撑整个人都穿过那个狭小的玻璃窗，翻到车外，然后利落着地。

拿起地上的包包，她张开嘴用唇语指挥他们两个。

她在说：“不要怕！如果不想被抓的话，就快下来！”

一向中规中矩的景柏此时不知道着了什么魔，他的内心此刻只坚定一个信念，就是这个小女孩是可以信任的，她可以带领他，走出这个魔域，就算只是几天，几小时甚至几分钟，他也会为这珍贵的一段时间付出任何代价。

他小手轻轻一撑，很快便从车内跳了下来。两个孩子开心地双手击掌，然后围在一起跳了一圈。

景柏的喜悦已经不能用任何言语来形容，活了这么多年，他第一次感受到了什么才是快乐。

他们一齐把目光落在车内有些犹豫的莲初上，小时候的莲初一直都不怎么喜欢玩危险游戏，而从窗口跳下去这么个艰难的任务，他觉得比写几十张试卷还要难！

但是——

看着车下景柏和小女孩开心的笑颜，他有些嫉妒，为什么会嫉妒？他也不知道。

可是这种情绪在小女孩看着他，呼唤他快点下来的情况下一点点加剧，终于，他还是眼睛一闭从车上跳了下来，因为力度没控制好，所以跳下后腿有些疼，但是这不重要，只要他们三个可以站在一起，可以一同从各自的牢笼里逃脱，那就够了！

苏纪音、景柏、莲初终究还是逃脱了，在那么严密的搜查中，他们不停地抄小路赶到北之国风景区，一路上，许多行人挽着伴侣怡然自得地欣赏着美好的风景。

“小朋友，是不是和父母走散了呀？要不要叔叔带你们找爸爸妈妈去？”一个穿着白色西装的中年男人不知从哪个地方蹿了出来，看到落单的三个小孩子，便“好心”地跑上来搭讪。

“没有！我是他们的姐姐，由我保护他们，我们一样可以来这里玩！”苏纪音颇像老鹰保护小鸡一样，用双手把他们圈在身后，一双亮闪闪的眼

睛锐利地盯着身前的这个陌生大叔。

明明年龄比她大，但是他们却被她唤成弟弟，虽然心里有些不爽，但是这个小女孩用手臂保护着他们，让他们心里觉得喜滋滋的。

“呦，只有你们三个出来玩啊！”西装男了然地笑了笑，然后朝着身后吹了声口哨，只一会儿一个身穿碎花裙的妇人从他身后跑了过来，脸上是难得的喜悦。

他们朝着三个小孩逼了过来，苏纪音带着身后的两个小家伙不断后退，她脑海中唯一闪现的念头就是这两个人应该就是干爹口中说的——人贩子！

怪不得干爹要派这么多人保护她，在这个黑暗的社会中，如果没有一个强大的后盾，一个人或许连自己怎么死的都不会知道。

他们从包里翻着什么东西，不一会儿就掏出三块脏兮兮的白色手巾。

脑海中一接触到危险信号，苏纪音立刻将身后的两个小鬼向后推了一把，然后摆出跆拳道标准迎战姿势，对着面前足足比她高好几个头的一男一女。

脚步稳重却快速地移动着，然后找准时间从地上一跃而起，对着他们两个的胸口来了个 180 度侧踢，两个大人吃力地后退了一步，看来这个小女孩不好对付啊。

苏纪音继续进攻着，一抓住男人的手就用力把他往身侧摔了出去。

两个人都没想到，在这么弱小的一个身躯里竟然蕴涵着这么大的力量！

大叔艰难地从地面上站起身，退回到爱人身边，打算跟她一同进攻。

而苏纪音只是忽然微微一笑，边把手往腰间的包里掏着什么东西，边一步步走向他们。而身后的景柏和莲初只是瞪大眼睛，一脸难以置信地看着她的行动。

差不多只剩几十厘米，一阵风从她背后吹来。

机会来了！

她迅速从包里伸出手，然后将手中的沙子朝他们两个的眼睛甩过去。

只一会儿，人贩子便捂住双目吃力地蹲下身子，泪水刷刷地从他们紧闭的眼睛中流了出来。苏纪音不解气地又踹了他们几脚，然后回归“小鬼三人阵营”。

她朝着景柏和莲初高傲地抬起头，似在等待着两个人的夸奖。

此刻的他们只是震惊得说不出话来，他们的思绪难以从刚才匪夷所思的画面中回归。

于是原本娇小依人的苏纪音此时的身影已经瞬间高大起来，她就像他们的大姐大，在前面威风凛凛地带头，而两个小鬼便屁颠屁颠地跟着她招摇过市。

“喂，你刚才不怕吗?”景柏忍不住问道。

“有什么好怕的，如果这都怕的话，你又该怎么在这个黑暗的社会中勇敢活下去?”

“哦!”两个小鬼若有所思地摇晃着脑袋。

“知道吗? 我的人生目标就是改变这个世界一切黑暗的风气!”

“哇塞，姐姐你的目标好远大啊!”莲初忍不住插嘴，而内心深处早已把她放在圣母姐姐的位置上。

景柏只是低着头沉默不语，不知道在想些什么。

“如果说，世界上会有那么一个人和你一起完成梦想的话，你会怎么样?”景柏脑海中的话语不禁脱口而出，说出口时，连他自己也微微一震。

“世界上真的会有那么一个人吗? 嘿嘿，如果那个人是女的话，我一定跟她做朋友……”

“如果是男的呢?”景柏和莲初皆不淡定地问道。

“那我就嫁给他啊!”

“你就不怕那个男的比你老几十岁?”

“那就嫁给他儿子呗，嘿嘿……”

“哈哈哈!”

笑声在薄雾般轻薄的阳光下久久荡漾着。

景柏的眼眸里似浸入了万千光彩，逆着光，他迎着苏纪音嘴角漂亮的弧度，心脏不自觉漏了几拍。

眼角的光芒一直都未曾散去，它们划破时空的禁锢，刺破岁月的洗礼，就算山石破碎，日月不再，绚烂的光芒就那么被景柏吸入金灿灿的眸子里，直到近十年后，再一次遇见她，才璀璨迸发。

他永远也不会忘记，在她小小的身躯里，竟蕴藏着这么强大的力量，不管是超凡常人的战斗力，还是对暗势力不服输的斗志！

那股力量一点点透过时光，传递给他。

他也要变强，他一定要变成她口中说的那个可以改变这个世界一切黑暗的风气的王者！

他永远也不会忘记，在那日夕阳还未落山，她的家人找到了她，在把她带上车的时候，她只是把双手圈到嘴前，放大声音朝着他们喊："忘了说了，我是苏纪音……"那一道优美的声线幻化成五彩光点刻入他们的脑海深处。

——苏纪音，苏醒的苏，纪念的纪，音乐的音。

无数个年华以后，他们终究还是遇见了她。

那个姗姗来迟、终于再次闯入他们世界的女人。

Chapter 06

甜蜜完胜 VS 星光璀璨

{01}

在北之国时政新闻上出现的总统景柏，这几日的脸色似乎有些疲惫，以往从未在公众场所上过妆的他，竟然接连七日都被上了一层淡妆。

他回答记者问题的话语时常会讲到一半然后忽然停下来，脑海中似乎在思考着什么问题，继而又继续这个话题。

这个现象一直持续到一个礼拜后一份劲爆性个人资料被暴露在各大网络媒体上而且愈演愈烈。

——《景柏恋人告急》

——《岳父大人的不堪往事》

——《跨国生死恋》

——《苏纪音的绝密身世》

……无数引人猜测的标题被放到网络的各个主推 LOGO 上。

有关苏纪音父亲的不堪往事在全球居民的关系网内疯传，这是多么传奇的一个世界！

北之国总统的恋人父亲，竟然是那位在二十多年前出卖国家机密并被天上地下大肆追击的神秘者“S”！

而据说这样具有爆炸性的总统绯闻对象身世资料并不是国家情报局侦查而出，而是来自于北之国首都的女子监狱。

前段日子，监狱里关进一个柳姓女子，外表时尚靓丽，刚进入牢狱曾受不了想撞墙自杀，幸好被及时制止。接下来的几日里，她的面貌越来越

憔悴，一直到昨天，她忽然找来监狱长要求监狱长派人到自己家里取来一份白色文档，并且把这份文档送给一家最畅销的杂志社。

可想而知，这份文档上记载的就是苏纪音的不堪身世。

而这位柳姓小姐显然便是柳慕嫣。她不能忍受，别人还在幸福着，自己却要被关在这个永无阳光的地方，看那些持警棍逛来逛去的男人的脸色，吃那些平日里连自家小狗都不愿意闻一下的食物！

既然自己已经什么都没有了，她绝对不会让景柏和苏纪音有好果子吃！

就算死，她也要拉他们一起进地狱！

于是，国民的舆论抨击对象都是景柏。

出卖国家机密一直是每位国家领导人最深恶痛绝的事，因此各国已出台一系列法律体制，其中最常用一条便是——只要被警察抓到该类国家机密泄密者，一律监禁听令。

而作为堂堂北之国总统的景柏，这次竟然可以丢下一切法律条款，和被神之国下一级封杀令的泄密者的女儿谈起恋爱来！听说前段时间，他们两个还一同参加了北帝学院举行的恋爱作战游戏，明明有这么多政务要处理，北之国还有这么多不平案件等着景柏来解决，而他，竟然敢放下一切，和她一起去玩恋爱游戏?！这种儿戏的做法让一直支持他的民众十分气愤！

当然，其中还存在一些铁杆支持者，有些人甚至举旗游行，宣誓人道平等。为什么总统就不能跟罪犯的女儿谈恋爱?！

总之，这段日子里，北之国可谓风生水起。

每日景柏都要接受很多国家台记者的访问，从国家安危一直到个人感情问题，可谓不是敏感问题就不发问。

为了保护苏纪音的安全，景柏不得不把她的病床移至总统府，在他高度戒备的府邸，就算发生贫民暴动也会减少她的受伤几率。

景柏的总统地位正受到各界人士的抨击。

北之国元老多次劝景柏开记者会澄清她跟苏纪音的关系。

然而景柏总是脸色一沉道："除非我死！否则你们谁都不准动她一根汗毛！"

为此，他身边的一些有权之人都想不出任何办法，只能通过时光的洗礼，希望百姓可以一点点将此事淡忘。

然而，老天爷似乎也要跟北之国作对。

就在舆论爆发的第三天，一份来自灵之国的密函却被送上了会议方桌。

{02}

"什么！灵之国要求我们把北之国临海岛屿转让给他们?！凭什么！十年前就因为这个话题跟我们谈判了一个月，往事搁浅了十年！他们怎么又来提这个无理的要求！"

北之国元老双手大力拍在会议桌上，桌子上的文件随之颤了一颤。

"这次一定是想乘着我们国家内部动乱，再一次伺机行动！要知道那个岛屿不仅资源丰富，同时也是防卫三国最好的区域啊！一旦那个岛屿被他们夺去，说不定明天一睁开眼睛，整个北之国都已经被灵之国吞并！"各位大臣纷纷应和。

灵之国就像那"正直"的流氓，每次侵犯别人前都会提前通知一声："喂，我们要来了哦！"这种级别的对手，其实最难对付。

因为他们有这么大的魄力，很大程度上取决于他们本身的军事实力！

虽然军队武器都已蓄势待发，但是只拥有二级水平武器装备的北之国，又怎能敌得过四国中唯一的一级武器制造国。

此刻北之国只有两条路可选，投降或者寻求另一国支援，可是四国鼎立，又会有哪一国愿意趟这浑水呢?

真是一波未平一波又起。北之国面临的困难，究竟什么时候才会是一个头啊！

这场会议结束得很早，每个大臣除了吹胡子瞪眼，其他任何迎战策略都想不出来。

北之国、神之国、灵之国、镜之国。

在这个星球上是以该四国分布治理，在这四国鼎力的新新世纪，每一个国家都希望自己的子民能够繁荣昌盛，在不干涉其他国家内政的条件下，他们也不希望接触到有关现在“灵之国、北之国”的这块烫手山芋。

现在这种情况下，除非奇迹发生。

或者说灵之国内部出现什么突发状况，然后终止这场掠夺，否则，北之国安逸的生活永远不会到来。

苏纪音的病房内，景柏坐在床头，对着她描述着最近发生的一系列事。

他很痛苦，但比起失去整个国家甚至整个世界，他更无法失去的，其实只有她。

“总统，镜之国元老在会客厅等你。”屋外传来侍者的传话。

景柏应了一声，然后温柔地为苏纪音理了理额上凌乱的刘海儿，在她额头上落下一个轻轻的吻，便合上门离开病房。

镜之国？

这种情况下竟然还会有其他国家的使者特意来北之国见自己？究竟是什么事？

景柏面露狐疑，快步向会客厅走去，然而还没走入会客厅，总统府内传来的一阵阵混乱的脚步声，打断了他的思绪。

“出什么事了？”他上前拉过一个正要赶往事发地的警卫。

“总……总统，苏纪音小姐忽然被几个带着面具的黑衣人挟持……”还未等他叙述完毕，景柏立刻放下一切，飞身赶往苏纪音的病房。

该死！为什么自己要在那种时候离开！

苏纪音，她不能有事，他不想再失去她一次了！

他奔跑着，汗水浸湿了他的衬衣，不能再失去她！不能！他双手握拳，紧咬牙齿，左心室内传出延绵不绝的阵痛。

{03}

“不要过来！统统不要过来！你们没权囚禁我们家小姐，我要带她回去！”带头的一个人骨架很漂亮，一看就是一个练功的奇才，他的怀里躺着正处于昏睡中的苏纪音，凌厉的眼神中流露出一丝威胁。

“快放下苏小姐！我们绝不会伤害她的……”

“不会？怎么不会？要不是因为你们，她怎么会伤成这样?!”祁染的眼神中迸射出火红的流光。

“你们退下，我想单独跟他谈谈。”景柏挥手撤下身边所有武装人员，祁染望了望景柏，便一同吩咐身边的随从一起退下。

屋子里只剩下三个人，景柏、祁染以及昏睡中的苏纪音。

“把她放回病床吧！”

祁染点头，不能伤到大小姐。

“你……”祁染想问景柏为什么不直接跟苏纪音澄清关系，却要这么一直把她留在总统府内悉心照顾，难道真的跟在外面流传的一样，这个像天神一般霸气的男人，爱上了大小姐?

可是如果他知道大小姐接近他的目的是什么，他会不会……

“嗯?”

“你明明知道她的身世，为什么还让她躺在你的总统府，你就不怕，就因为你这种执著，会让你总统的皇冠被别人摘下?”

“为什么要怕，这种虚假的权利不要也罢，如果我不当总统可以救她的话，我现在立刻就去递辞呈。”

“身为北之国总统，你怎么可以这么不负责任，把这个身份像玩具一样，想戴就戴，不想戴就丢弃，你这样，我们大小姐会怎么想？你知道他走入你的生活是因为什么吗？她原本、原本……”祁染顿了顿，究竟该不该告诉景柏，大小姐来找他是为了跟神之国怪盗打赌而前来盗取他身上最珍贵的东西，可是，“从小，她最最崇拜的便是那些能够改变社会甚至世界的神人！她从小生活在道馆内，性格可谓一身正气绝不对暗势力屈服！她来到你身边，很大程度上就是因为这层关系，而你，而你却因为她打算放弃这个位置，你这么做，一旦大小姐醒过来，她会怎么看你，怎么看自己？你想过没有！”祁染有些气结，他是看着大小姐长大的，最怕的就是看到大小姐伤心难过。

虽然现在苏纪音还在昏睡，但是他坚信，大小姐一定会有恢复到以前神采奕奕状态的一天，要知道她从小到大都自命自己是宇宙第一元气少女，这么热血的女生，又怎么会被病魔压垮？

而同样转入沉默的还有景柏，他开始在自己的世界迷失。

他只记得自己现在唯一想要做的就是救她，不顾一切地想要救她——

“原本我们打算把大小姐带回，然后回国再想办法去请名医治疗，不过我现在想通了，就算把她带回去治好，她也不一定会开心。到时候一定又会回来，与其绕来绕去，还不如干脆直接一点，如果你答应我，只要你在她身边，就一定不让任何人伤害她，我就让她继续留在这里。想想全球最出色的医疗技术设备就属你北之国了，而你又是北之国总统……”这或许是祁染最大的让步，回去一定会被师傅狠狠责备，但是真如他所说，与其等大小姐醒来找不到景柏而焦急，还不如一直把她留在这里，虽然自己一直都未曾干涉苏纪音的感情生活，可是在之前暗地里偷偷的追查中，大小姐也应该是对景柏有些感觉的。

真希望她可以快些醒过来，然后与景柏一同俯瞰全世界！

景柏对他流露出善意的微笑。自己仿佛已经很久没这么笑过了。

第一次释怀，只因为苏纪音就是苏纪音，不管她拥有如何的背景，她都只是他内心深处唯一出现过的女人。

正因为这种特殊身份，才让她怀上“改变这个世界一切黑暗风气”的念头，如果不是因为这个正气的念头，自己与她第一次相遇，也不会被她吃得死死的，一辈子都难以把她从记忆深处抹去。

两个苏纪音最好的伙伴，隔着她的病床，忽而相视一笑。

{04}

病房内重新恢复寂静。

硕大的空间内除了景柏以及苏纪音外就只剩下那个挂在墙上的镶钻钟表，涂有银光材料的秒针在表盘内一顿一顿顺时针转动。

“滴答滴答——”

“苏纪音，我到底该怎么做，才能让你醒过来?”景柏拉住她冰凉的手有些颤抖，语气中含着哽咽。

除了等待，他究竟还能够做什么才能够让她醒过来?

在这个世界上，如今的他最放不下的就只有她了，自己究竟是什么时候爱上她的呢? 如果说幼时的第一次相遇时被她的正气神采震撼，然后一点点被她诱惑，那么真正爱上她又是在什么时候?

是第一次在北帝学院大学部里相遇? 在听到她的名字后，全身的血液都一股脑儿往脑袋中涌动，莫名的燥热让那时的他险些呼吸紊乱，在她面前表现出自己最不堪的一面。

是故意跟校方商量好，跟她组成一队一同到岛屿上进行 7 日生存大作战? 那个时候的她很有领导风范，干什么事都是威风凛凛，好像全天下所有的危难在她眼里只是一缕轻烟，只要轻轻吹一口气，她便可以带领他们一同披荆斩棘走向闪耀的成功宝座。他还记得，陪她在小溪边洗脸，而她竟然拿校方提供的胸罩袭击自己的脸庞，要知道这辈子还没有哪个女人可以这么调戏自己! 而她却在之后的岁月里，一次又一次挑战自己的忍耐极限!

但是内心深处却莫名地很是享受她对自己进行的所有犯罪行为。

是那次晚宴上第一次吻她的，游走于几位朋友间饮了一些酒，明明这些酒量不足以让自己喝醉，可是一看到第一次穿晚宴服出现在他身边的苏纪音，漂亮得让他不敢相信自己的眼睛，而此时的她竟然跟一位神之国的

特别来宾做出那么亲密的动作，自己清晰的头脑却一点点被液体侵蚀，他的眼前被白雾萦绕，他看不清其他东西，视线中唯一可以盛下的只有站在前方没心没肺笑着的苏纪音。

醉了？不！没醉！世界上唯一能够让他醉的，只有她，只有苏纪音。

不知身体中哪里来的力量，头脑中一闪现“吻她”的信号，他就不顾一切地将她拥入怀中，将内心的痴恋通过唇瓣的相触，传递给她。

幸好当时不知什么原因，整个宴会大厅的灯都熄灭了，要不是因为这个变故，他不知要为那日的行为付出多少代价。

不过，那个时候有那么短暂一瞬间，他想过，如果就这么让别人看到也好，只要，他能够拥有她。

……

景柏的视线开始模糊，温热的液体已经浸满漂亮的双眸。

“苏纪音，求你！快点醒过来！”

“啪嗒——”

滚烫的液体滴落在苏纪音的眼角，然后顺着她完美的轮廓一点点下滑，落入枕间。

景柏全身都在颤抖，泪水不禁如同决堤的潮水，翻滚着从他眼角滚落。

“啪嗒——”

“啪嗒、啪嗒——”

苏纪音的脸蛋不知在什么时候，已经被湿润的液体覆盖，原本惨白的脸庞，此刻因为这一颗颗滚烫的泪珠显得有些微红。

“啪嗒——”又是一颗泪珠，在窗外骄阳的照射下，折射出七彩的光芒。

一双幽紫色的眸子在泪珠还未来得及跌入脸庞的时刻，倏地睁开，眼角流露出莹莹光彩，起初有些暗淡，然而在她视网膜上出现景柏模糊的倒影时，眼角的流光越发闪耀。

手指微微扯动着，苏纪音轻轻地将右手放到景柏撑在病床上的手上。

在接触到熟悉的触感时，景柏整张脸在一瞬间僵住，继而他难以置信地将视线转到自己的手上，然后是苏纪音脸上——

有些发白的嘴角微微扬起，苏纪音朝着景柏露出久违的笑颜。

“景柏，又见面了呢！”

景柏，又见面了呢！

景柏……

这是她在说话吗？她回来了吗？真的是她吗？

景柏用左手用力握紧苏纪音的手，然后伸出右手在她脸上小心为他拂去脸上的泪水。

{05}

“不好意思您不能进去。”屋外忽然的喧闹声打破了室内绯色气流的涌动。

景柏想命令屋外的人快些离去，却被苏纪音制止。

轻轻地扣了扣门，进来的是一位年龄60开外的年迈老人，从他的行装中不难看出他的地位。

他的手里提着一个棕色文档袋。

他恭敬地走入室内，在景柏和苏纪音身前90度鞠躬。

“您好，我是镜之国使者，到这里来我是希望给总统大人看一样东西。”

在景柏准许的视线下，元老把文档袋递给景柏。

抽出文档袋里薄薄几张纸，景柏的脸色跟随着纸张上的字体一点点变得凝重，到最后甚至可以用“震惊”来形容。

元老继续道：“来这里，不为别的，只是希望可以接回在十八年前与女王陛下失散的苏纪音——公主殿下归国！”

一句话，令景柏及苏纪音随之一震。

公主殿下?

现在是什么状况，她竟然是镜之国的公主，可是自己明明是黑道大小姐啊，干爹告诉她她的父母早已离世，她一直把干爹当成自己在这个世界上唯一的亲人！但是……

谁能告诉她，究竟发生了什么事?

怎么一觉醒来，自己就像换了个身份一般，拥有了这层无数人想要获取的闪亮光环?

景柏手上握紧的是苏纪音的DNA检测报告，上面显示她跟镜之国现任女王的DNA匹配程度是99.9%。

镜之国元老将事情的原委详细地告诉了他们。

原来在十八年前，在镜之国贵族中因为内政问题开始涌动变革的暗流，苏纪音的生母怕自己唯一的女儿会被敌对政方迫害，就设计把她偷偷运出皇宫，打算让事先沟通好的一对夫妻朋友替自己照看一段时间，等皇室内部问题处理好了再把苏纪音接回宫殿。

可哪想这个计划走漏了风声，敌对方竟然派人中途暗杀。

幸好老天有眼，在枪杀婴儿的途中，正巧有两股相对势力在为一些纠葛问题而大动干戈。于是原本两方的厮杀，因为“天时地不利”的情景，被扩大成四方的争夺。

现场状况无比混乱。

运送婴儿的警官只能够回忆出在他失血昏迷的时候，有一双厚重的手从地面抱起大声哭泣的婴儿，然后抱着她哄了哄，之后发生的一切事，他都不记得了。

女王收到这个消息悲痛欲绝，在政党稍微稳定的时刻，便派了大量侦察队到民间寻找自己的亲生女儿，可惜尽管人力物力抛出了很多，将近找了18年，他们都未找到公主的下落。

只是命运的安排，让每一个人都回应得措手不及。

在那次四国晚宴中，女王撞见了身着华丽衣裳的苏纪音，她眼神中流露出熟悉的光彩，让她不禁怀疑这个少女的真实身份。

之后又调查了很久，一直到北之国爆出总统恋人的父亲各种不堪消息的时候，女王才掌握苏纪音隐藏得很好的身世，不知道那个能够翻出苏纪音真实身世的人，究竟是通过怎样的力量才查到的……

镜之国特殊侦察队，在苏纪音遇难的那一日，在那个破旧的仓库里对地面上一摊温热的液体以及散落的几缕发丝进行取样。

派人加快速度到专门部门进行 DNA 匹配。

只是中间出了一些纰漏，一直到这两天才真正获取苏纪音便是镜之国公主殿下的信息。

……

叙述结束，使者的脸上有一丝怅然。

望见床上苏纪音体力不支地倚靠在景柏怀里，他向前走了一步，然后恭敬地道："公主殿下，请随老臣回镜之国。"

……

{06}

"喂，你们知道吗？原来我们总统爱上的女人是镜之国的女王陛下耶！我就说嘛，能配得上总统大人的只有这种闪亮闪亮的女王级别美女啊！"

"哇塞！怎么办，那个女生竟然勾起了我的兴趣欸，好希望她最后能够跟我们总统在一起，你想想哦，北、镜两国结缘，天下无敌啊！"

"……"

北之国的八卦系统再一次被大面积启动。

每家每户如今茶余饭后最津津乐道的话题就是有关景柏和苏纪音的皇家恋情！

在那日苏纪音之所以答应镜之国元老回故乡举行女王登基庆典，很大程度上是因为她想帮助景柏快些走出这个困境。

之前昏迷的一段时间，周围发生的一切事情，听到的所有话语，她都

有感觉，只是身体的无力，让她连睁眼的力量都没有。

那时候的她，很想自己能够快些恢复知觉，然后抱紧景柏的身体，告诉他，有她在，世界没什么可怕的!

曾第一次与景柏以及莲初相遇的画面还历历在目，原来自己第一次来北之国见到的两个小男生是他们啊!

下次见到莲初真该好好嘲笑他一下，那时候竟然那么胆小，连公车的窗户都不敢跳!

在昏迷的这段时间内，陪伴在他身边的最多的就是景柏，她的鼻尖到现在似乎还依存着景柏熟悉的味道。

景柏，这个比天神还高傲自大的男人，竟然会屈服在她这个小女生的公主裙下。

嘿嘿，每每回想，她都会觉得过往的一切都只是梦境，梦幻而惹人心跳。

……

不言而喻，有关灵之国的无理转地合约在苏纪音登上女王宝座的时候，随之粉碎。灵之国就算再强大也无法敌过北、镜的两国联合吧?

当然，想当一位优秀的女王也不是那么轻松的。

以往十八年来都未涉足的法律条款、皇家规矩、女王约束等等课程被一股脑搬上了她的生活。

镜之国是世袭制，每届拥有纯正皇室血统的公主可以在18周岁之际被授予女王皇冠。

苏纪音虽然是流落在外的公主，可是毕竟体内流的都是正统的皇室血液，镜之国皇室成员没理由把她拒之门外。况且她与北之国总统景柏又有着剪不断理还乱的暧昧关系，与其等待前女王妹妹的独生女快些成年，还不如现在立刻加封苏纪音为镜之国女王。

而且，她在镜之国百姓的印象里似乎都还不错。

“我们的女王陛下果然是宇宙无敌!连北之国那高高在上的总统大人

都能搞定！”

“又是功夫少女又是女王陛下！女王大人真不简单！”

“我相信镜之国的未来会在女王的治理下开辟出另一番天地！”

“……”

两大从不过问彼此的帝国在一时之间竟融合成友谊国，国民间的经济贸易活动也随之越来越亲密。

而苏纪音依旧被无数匪夷所思的字符所环绕，每天耳畔萦绕着的都是尚宫娘娘传授给自己的女王必修宝典的知识。

已经有好些日子没有见到景柏了，自己都开始有些想他了。

哎呀！苏纪音你怎么可以这样！你现在是女王啊，怎么可以因为一个男人而分神呢！苏纪音生气地拍了拍自己的脸蛋，然后又倏地脸色绯红，将双手扣成十字继续开始幻想自己能够快点见到景柏。

{07}

北之国最近可谓喜事不断，因为今天是他们最最引以为豪的总统景柏的20周岁生日。用金丝环成花瓣的邀请函，第一份便是发给另一个国家的女王——苏纪音。

上面的字很是工整，有力的笔锋下竟还掺着一丝柔情，“TO 苏纪音”几个字是景柏按捺着内心难以抑制的心跳才安然书写出来的。

……

豪华的宴会大厅上。

寿星登场的时辰将至，然而秒针指向准点，这本该登场的景柏却还未出现。

而跟他一样没有出现在这个名流涌动的空间内的还有一个，那就是——

苏纪音。

莲初一个人收着赴宴帖子，在察觉到景柏和苏纪音可能一起抛下宾客

不知道跑到哪儿鬼混去了的信号后，他怨念地真想把手中的帖子统统丢到地上！

上次苏纪音昏迷的时候，景柏竟然说什么害怕细菌感染所以不让他进去！有没有搞错！要不是因为他急中生智在她衣领中装了微型跟踪器，景柏能这么快找到她吗?!

这“英雄”救了美，竟然连他这个大好人都不好好报答一下，还故意派人拦着他不让他到病房看望苏纪音。

不知道小音音现在过得好不好，被这个霸道不知道报恩的懒人圈养着，她一定很寂寞，一定很想搞外遇是不是?

世界上明明有这么优秀的人站在这里，她怎么就不能丢下景柏来到他身边呢?

他羡慕嫉妒啊！他也想拥有苏纪音，想要每天都保护着她，看着她无理取闹，看着她一点点登上女王宝座，看着她俯视天下。

可是，奈何这个世界会出现这么个闪耀的皇室生物呢！

景柏！等他结婚典礼上，他一定要跑出来抢新娘！对！抢新娘！

莲初的阴霾倏地不见，此刻他内心激荡，一想到未来穿着漂亮婚纱的苏纪音被他抢走，然后在高速公路上逃婚，他就浑身热血激荡！

真希望那么一天能够快点到来！

{08}

拥挤的人潮中，戴着黑色墨镜的景柏挽住身旁穿着雪白长裙的苏纪音。

身旁是行人对他们未来“婚事”的各种期待，两个人听着听着不禁脸红。要知道他们连真正的恋爱都没有认真谈过，怎么说结婚就结婚，究竟是哪个鬼传出来的无端猜测！

但是——结婚……能够和对方结婚，似乎也是件不错的事呢！

景柏刚想侧过脑袋跟苏纪音讨论一下未来的结婚计划，身旁却同时传

来一道清凉的声线：“不好意思，全天下最尊贵的东西我先带走了哦！”

随之而来的是一声尖叫。

他身边的苏纪音竟然不见了！

在这么短的时间内，她竟然从这个空间内凭空消失?!

情况转变得让景柏哭笑不得，然而内心深处更多的是焦急，自己已经失去她一次了，那些她昏迷的时光里让他度日如年，而今天，在他 20 岁的生日中，他竟然没有好好保护好身边的镜之国女王——也就是他全天下最爱的女人！

他开始焦急地在人群中穿梭着，大声呼喊着她的名字——

“苏纪音！”

“苏纪音你在哪里啊?!”

汗水浸湿他的脸颊，他掏出手机，动员全体特警人员随他一起找。

天空蔚蓝一片，微风徐徐吹来，给繁忙的上午带来一丝凉爽，然而这一丝凉爽，伟大的景柏大人却一点也感受不到。

……

“喂！你是谁啊！快放开我！”苏纪音挣脱着，明明刚刚还在跟景柏一同逛街，可是身后忽然传来一道力量，带领自己脱离景柏的束缚……

腰间的力量松开，苏纪音转过身子，映入眼帘的是一张熟悉到让她想要拿出刀子划破他精致肌肤的脸蛋！

这个家伙，正双手环胸，一脸玩味地审视着她。

“怎么？不记得我了?”这位神之国鼎鼎大名的国际“怪盗”穿着一身轻便的行装，正又一次“光明正大”地在公众场合犯案。

“就算化成骨灰我也不会忘记你的好不好?”苏纪音模仿他的动作一起双手环胸。

“我知道你的胸部小，但是你现在这个动作，让我连你胸部长在哪里都搞不清欸！”可以这么说，这个家伙完全是集聚了莲初不知廉耻的厚脸皮功力以及景柏天理难容的腹黑指数。被这种恶劣的家伙调戏，她原本被

刻意植入的女王气质会再一次烟消云散的！

“还记得我们一年前的赌约吗？偷取世界上最珍贵的东西——范围被限定在北之国不是吗？那么，现在我赢了，快点履行你的诺言吧！”

蓝迦佑神秘莫测的眼眸里浸满星光。

“开什么玩笑，你偷到景柏最珍贵的东西了？拿出来，给我看看！”苏纪音将环抱的双手放下，继而插到腰间。显现出盛气凌人的姿态。

“远在天边近在眼前咯！”

“呃?”苏纪音难以置信地指了指自己的鼻子，“你是说，是我?”

“北之国最有权势的人是景柏，那么你认为他现在最重要的‘东西’会是什么?”

“是我吗?”苏纪音再一次指了指自己。

“当然，大至全球人员，你随便抓一个过来问问景柏现在最在意的是什么？每个人都会回答你——是镜之国女王，或者说是北之国未来王妃苏纪音小姐，也就是你！”修长美好的指尖划破气流，指着苏纪音有些绯红的脸庞。“如果你觉得这个等式不能成立的话，那么就请告诉我，你的男人景柏，现在最珍贵的东西是什么呀?”蓝迦佑把这个球重新抛还给苏纪音。

她顿了顿，支支吾吾道．“好……好吧……”

“那么，就告诉我你那个时候是怎么知道我是怪盗的？又是谁告诉你我的行程?”为了这个答案，他都等了快一年了，再不得到答案，他想自己快被脑海中的猜忌逼疯了。虽然他不是真正的怪盗，而是一位完美的国际刑警，然而那是他自我感觉最良好的一次任务，竟然在半路就被别人认出自己的假扮身份……

“你难道那天回家的时候没有发现自己的后背上贴着一张纸条，而纸条上写着‘我是怪盗’4个大字吗?”

一说完，蓝迦佑好像全身中了电流般，眼角蓝光一闪，然后开始皱眉回忆。可是未果，在他记忆深处，并未发现那么一张纸条，是这个丫头在

蒙他吧？嗯，一定是的！严肃的视线打在苏纪音的身上。

“怎么，不相信我？哎，不相信我也没办法，斗法结束，你快回神之国该干吗干吗去吧！别到处乱窜了，影响北之国人均呼吸面积可不好哦！”丢下一句话，苏纪音头也不回地往来时的方向走去。

她当然不会告诉他，那个告诉自己他的“偷盗”行径的人是自己在神之国的好朋友，一个蓝迦佑永远也斗不过的女人！

……

希望景柏不要走太远，她想要快些回到景柏的身边。

就在刚刚蓝迦佑告诉自己，什么才是景柏在这个世界上最珍贵的东西时，她忽然明白，为什么自己以往一直都把眼光放在和景柏打闹上，而不去特意搜查他身边的物件。

也许在很久很久以前，她已经明白，在这个世界上景柏最珍贵的东西就是她，而她深爱的男人是景柏！也就是说，经过苏纪音本身的一次反射，其实他和蓝迦佑一直在斗法寻找的——全天下最珍贵的东西，就是景柏！

而她却拥有了他！她才是这场游戏的胜者，可是苏纪音却不想把这层关系告诉蓝迦佑，因为她想把这个秘密放入自己的记忆深处，全天下，只有她一个人知道，那便足矣。

甜蜜的笑容袭上她的嘴角，她再一次被某人用力拥进怀里，她以为是蓝迦佑得寸进尺地又回来找她，可一个火热的吻却覆上了她的唇。

熟悉的味道在齿间弥漫，是景柏。

百花盛放的声响似乎在空气中奏响，声音很轻，却足以让人迷醉。

“要是以后你再忽然消失，我就这么罚你！”景柏松开禁锢着苏纪音的手臂，略带怒意的语气中竟夹杂着一丝撒娇的意味。

“怎……怎么罚我？”

又一阵吻铺天盖地向她袭来，她羞恼地想回避，越想挣脱，这个吻就越加炽热。

“还记得我们的恋爱四日游吗?”景柏稍稍松开他的唇，撂下一句话，嘴角勾起邪气的弧度，璀璨的双眸中漂亮的光华看得人不禁迷失了方向。

“嗯，怎么了。”

“你好像还欠我一天呢?”

“哈?”苏纪音完全无法摸透这个腹黑的闪亮生物究竟想表达什么。

“那么，那个被搁浅了许久的‘一天’，就用你的一辈子来补偿吧!”说完，景柏单膝跪地，一枚指甲大小的精致钻戒在阳光下折射出璀璨的光芒!

一阵清风吹来，吹乱了苏纪音乌黑的长发，她的裙角在空气中微微荡漾着，迷离着世人的视线。

“那个，戒指可以再大一点吗? 嗯——跟乒乓球一样大就差不多了……”苏纪音显然已经被这突然的“浪漫求婚”现场吓傻了，只是伸出双手在他眼前描绘着自己未来想要的钻戒的大小。

景柏哭笑不得地将钻戒旋入苏纪音的无名指，然后起身拥着她，脸上无奈的笑意渐渐散去，继而转至的是幸福的笑容。

——璀璨得足以匹敌天边的骄阳。

只要她想要，那么他便可以给她全世界!

周围的行人已渐渐黯淡成阴影。

蔚蓝的天空下，一对宇宙第一皇家恋人正相拥着开始计划——让全球顶尖珠宝制作师如何在一个月内赶工制造出乒乓球大小的——结婚戒指……

——The Ending Or The Beginning!

有时候，有些人，遇见，便是一生。就如同爱情，只是刚好而已。

苒倾叶最新暖爱巨献，诠释美好恋爱的独特味道！

最动人的校园罗曼史，最值得期待的华丽新章——

❤当意外出现的0.0001几率，把原本不同世界的两个人连在一起❤

内容介绍

她是积极向上、乐观开朗的孤儿；他是脾气暴躁、单纯善良的富家公子。他们此生原本不在同一条起跑线上，注定有着各自不同的世界。

一场不大不小的雨，一个人群零乱的车站，却出现了 0.0001 的几率，把原本不同世界的两个人连在了一起……

当睿智的夏默然遇到了冷酷的肖韶炎，就如同天雷勾动了地火般一发不可收拾。明明互相讨厌的两人为何突然间惊觉对方有些可爱？明明吵闹不断的两人为何会出现心跳加速的瞬间？

当两个不懂爱的人碰在了一起，当认知的友情开始变质，当发现讨厌的那个人其实并不怎么坏……

当你把我的世界变了样子，当你让我的心跳改换了频率，那么在你离去之前，能否先告诉我这是否就是所谓的爱情？